感动亿万人的
暖心美文
值得珍藏的温暖故事集

微故事，大人生：

爱是温暖长久的陪伴

神威 / 著

图书在版编目（CIP）数据

爱是温暖长久的陪伴 / 神威著 . -- 南昌 : 江西人民出版社 , 2014.6

（微故事，大人生）

ISBN 978-7-210-05477-1

Ⅰ . ①爱… Ⅱ . ①神… Ⅲ . ①故事 - 作品集 - 中国 - 当代

Ⅳ . ① I247.8

中国版本图书馆 CIP 数据核字 (2014) 第 091105 号

爱是温暖长久的陪伴

神威 / 著

责任编辑 / 陈子欣

出版发行 / 江西人民出版社

印刷 / 北京慧美印刷有限公司

版次 / 2014 年 6 月第 1 版

2014 年 6 月第 1 次印刷

开本 / 880 毫米 ×1230 毫米 1/32 7.5 印张

字数 / 171 千字

ISBN 978-7-210-05477-1

定价 / 32.80 元

赣版权登记字 -01-2014-133

版权所有 侵权必究

如发现图书质量问题，可联系调换。质量投诉电话：010-82069336

前言 FOREWORD

{赠人玫瑰，手有余香}

人的本性就有自私的元素，对社会自私对他人自私，以为对自己好就是最好最幸福的，殊不知付出对每个人才是最幸福的事，当你付出得越多，就会得到越多，感受得越多。

听过一个故事，某地方发洪水，一个农民只身一人救了五个人。几乎出于本能，他抓住了离自己最近的人，再下水，还是救了能抓到的人，等到他救完第五个人时已经筋疲力尽，自己不会游泳的妻子和女儿却被淹死了。

很多媒体采访他，问他当时是怎么想的，为什么没有去救自己的家人。记者们要的答案是别人的生命重于自己家人的生命，他的行为多崇高多伟大。但是他说："没有想什么，洪水袭来时，我大脑中一片空白，只知道救一个是一个，难道我要抛弃身边求救的人去游到远处找自己的妻儿？"

眼泪，因为这句话而落下来。

只是出于本能，人生来的善良的本能，没有想多崇高，在人命关天的一刹那，他能抓住一个生命就是一个生命，那一刻，人性闪出的动人光辉，并不是书本上那些人生理想可以教我们的。

还有这样一个故事：一个士兵打电话告诉父母他将凯旋的消息，他说他想带一个朋友一起回家，这个朋友在战场上受了重伤，少了一条胳臂和一只脚，已走投无路，他想带他回家一起生活。但他的父母拒绝了他的请求，并告诉他：“残障的人会给我们的生活带来很大的负担。”

几天后，这对父母接到了来自警局的电话，他们亲爱的儿子坠楼自杀身亡了。他们伤心欲绝地在警方的带领之下到停尸间去辨认儿子的遗体。那的确是他们的儿子，但令人惊讶的是，儿子居然只有一条胳臂和一只脚。原来，那个“受重伤的朋友”就是他们的儿子。

同样是对待别人，农民出于本能拼了命地拯救所有落水者，这对父母也出于本能抗拒承受他人的痛苦和负担。虽然最终他们都失去了自己的亲人，但这对父母的悔恨一定比那位农民要多得多，他们怎么也想不到原来被自己拒绝于门外的，竟是自己的儿子。农民也会悔恨，但他的举动却温暖了我温暖了你温暖了所有人，如果他不顾身边的人而去远处救妻儿，可能到最后除了妻儿谁也不能获救，他们的心头一定也会如同那对父母一般，蒙上厚厚的阴影。

其实，付出是美丽和幸福的，每个人的心里都藏着一种神奇的东西，我们称之为“关爱”，你不知道它究竟是如何发生何时发生，但你却知道它总会带给我们特殊的礼物。就如同，赠人玫瑰，手有余香。给人关爱的同时，自己收获的将会是比付出更多的东西。给人关爱，你能赢得他人对你的注视，为你事业的发展、生活质量的提高赚足人脉基金，为进一步的提高铺平道路，成就你的非凡人生；也许你不追求所谓的辉煌事业，可是人生活在社会中，不可避免要与他人打交道，给人关爱，能让你与人相处时如鱼得水，进退自如。这是我们不可忽视的处世方法，更是我们一生受用的法则。

目录 CONTENTS

前言：赠人玫瑰，手有余香

第一辑：
关爱，世上最温柔的词语

你的爱值多少钱 / 002
双喜 / 004
妈妈 / 007
口香糖 / 009
优秀奖 / 011
你喜不喜欢我 / 013
螳螂 / 015
好消息 / 017
卡东和米娅 / 019
兄弟 / 021

新家 / 023
牙套 / 025
站起来 / 027
给你最好的 / 029
感激的心 / 031
鸟的在乎 / 033
请客 / 035
车祸 / 038
自由式 / 040

第二辑:

在真情世界马拉松

妈妈的妈妈 / 044
栀子花开 / 047
黑眼睛 / 049
莱特・查尔斯的信 / 051
生日蛋糕 / 053
玫瑰园 / 056
这爱 / 058
陪伴 / 060
哑巴 / 062
穷人 / 064

这就是我 / 066
天堂来的信 / 068
白头 / 070
告别 / 072
项链 / 074
宝贝 / 076
竞争对手 / 079
男朋友 / 081
小偷 / 084
可惜不是你 / 086
善良 / 088
糖葫芦 / 090

第三辑：在梦想的天空翱翔

歌唱和钢琴 / 094
两个毕业生 / 096
放弃 / 098
放弃 / 100
辞职 / 102
梦想之路 / 104
市长的儿子 / 106

翅膀 / 109
天赋 / 111
纽约梦 / 113
最年轻的一天 / 116
现状 / 118
Your Way / 120
伤口 / 122
芭蕾舞 / 124
旅行用品 / 126
偶像 / 128
一轮明月 / 130
哥哥的梦想 / 132
寻父 / 134

第四辑：

承载关爱的风帆

美儿天使 / 138
救命 / 140
打猎 / 142
狼外婆 / 144
一美元的爱 / 146
敌人和朋友 / 148

大作家 / 150
龙猫之死 / 152
猜猜我有多爱你 / 154
宝物箱 / 156
晚上好 / 158
祝你幸福 / 160
抓阄 / 162
站起来 / 164
两个男人 / 166
强盗 / 168
我相信你 / 170
母亲的需要 / 172
小木屋 / 174
原谅我 / 176
坏孩子的天空 / 178
一小时半 / 180
我恨你 / 182
需要你 / 184
礼物 / 186
你最棒 / 188
十年 / 190
毒药 / 192

第五辑：
最伟大的幸福，与他人分享

一辈子的爱 / 196
小提琴曲 / 198
孤儿彼得 / 200
信任 / 202
第一先生 / 205
阿勾和阿珊 / 207
时间之手 / 209
送给你 / 211
童话 / 214
秘密 / 216
乡里来的表姐 / 218
笑恋那夏 / 221
少年 / 223
未署名 / 225

后记：关爱，让你拥有一切

第一辑

关爱，世上最温柔的词语

关爱，一个多么温柔的词语，又是多么贴心的问候，从小到大，我们经历着父母的关爱、师长的关爱，我们也对身边的人付出我们最真的关爱，在我们的生命中，任何一种关爱都不可或缺。

你的爱值多少钱

完成梦想，不一定非得要冷酷地厮杀和欺诈，有时，只要你拥有一颗爱人之心就可以了。

在英国有这样一个机构，叫“老年人扶助中心”，表面上的意思很简单，类似于养老院这样的机构。但实质上，它们靠出售关爱，赚取老人身后的财产。

有位孤独的老人，老伴早逝又无儿无女，还体弱多病，生活在一座豪华的大房子里，陪伴她的只有一条和她同样年老的狗。终于有一天，老人感觉到自己对生活已经力不从心了，她宣布出售自己心爱的住宅，然后搬到疗养院安度晚年。听闻此事，购买者蜂拥而至，住宅底价是8万英镑，但人们很快就将它炒到了10万英镑。而价钱还在不断攀升。老人想到自己即将搬离这个住了一辈子的家，不由得心情沉重，深陷在沙发里满目忧郁，是的，要不是迫于健康情形，她是不会卖掉这栋陪她度过了大半生的住宅的。

这时，一个衣着朴素的青年来到老人眼前，弯下腰，低声说："老太太，如果您参加'老年人扶助中心'，把您的住宅以1万英镑卖给我们，我们保证会让您依旧生活在这里，还会陪您一起喝茶、读报、散步，天天都快快乐乐的——相信我，我们会用整颗心来照顾您！"

老人颔首微笑，把住宅以1万英镑的价钱卖给了他。

随着人们生活节奏的急速加快，心与心之间的隔阂也越来越大，每个人在奋力生存的背后，都需要一双温暖的手去给予力量和支持。也许，只要一个拥抱，或者一句问候，就可以让我们感慨万千，为了这个拥抱或者问候，献出自己的一生去回报，从此世上又多了一份关爱的力量。

双喜

为了孩子许多父母失去了本该属于他们的人生，这是不必要的，孩子能感受到你的快乐与悲伤，如果你幸福了他们会更幸福。

安靖已经到了谈恋爱的年纪，天天和男生打电话，有时又会回来得很晚，这让她的父亲非常担心，每次一来电话就和安靖抢着接听，并和身边的朋友探讨子女婚恋的问题。父亲把女儿的恋爱看成非常严重的事情，令安靖非常烦躁。但这也怪不得父亲，安靖的母亲因生安靖时难产离开了人世，是父亲一人拉扯着安靖长大，为了安靖的健康成长他都没有再娶，所以轮到安靖挑选男友，他比世上所有的父亲都紧张万分。

安靖为了谈恋爱的事和父亲不知吵过多少次，父亲也不再是她记忆中那个和蔼可亲，一切全为自己着想的人了，他变成一个尖酸刻薄的老头。

一天，安靖在书房找到了父亲的日记本，厚厚的一本从安靖一周岁那年开始记起。

今天，安靖一周岁了，天堂的妈妈感到幸福了吧，我知道你一定在上面看着我们父女俩呢。

安靖上小学了，别人都是妈妈带着去，就只有我是父亲，安靖羞涩地躲在我身后，见了谁也不敢说话。

有人欺负安靖没有妈妈，安靖哭着嚷着抱怨自己“害”了妈妈，妈妈听了会伤心的。

对安靖说我想找个陪伴的人，问她是否喜欢班主任袁老师，安靖立刻就提高了警觉，把我抱在怀中，说：我要做爸爸的新娘，谁也不能取代！

看到这儿，安靖的眼圈一下就红了，她想起自己确实说过这句话，只是随着年龄的增长逐渐淡忘了，父亲一定把这句话当作圣经经常在回忆中重温吧。那个周末，安靖带她的男友来到父亲面前，向父亲保证了一件最关键的事，那就是一辈子都会和父亲在一起，不会搬到别的地方别的城市远离父亲。看着女儿和男友执着的态度，父亲放软了语气，同意了他们的交往。那天他在日记本上填上这么一句：女儿终于长大了，不再是那个赖在父亲身边的宝贝了，天堂的妈妈，你不要为我担心，只要女儿还需要我，我会永远陪伴在她身边。

一年后，安靖同男友结婚了。结婚那天来了一个贵宾，就是安靖小学的班主任袁老师，她依然是知识女性的打扮，看到父亲依然会脸红得可爱。原来多年过去，父亲和袁老师一直保持密切联系，若不是父亲担心安靖会因为袁老师成为后妈而生气，他们早就在一起了。今天安靖特意把她请来做自己的证婚人，并偷偷塞给她和父亲各一张纸条，上面写着：我等你多年了……这真是个双喜临门的季节。

最无私的，便是亲人之间的关爱，尤其是父母对儿女的爱，这种爱在无形中变得无限强大，变成了一道逾越不过的墙，父母在这边努力地添砖加瓦为儿女们构筑城堡，寄望他们能幸福地在其中生活。殊不知，他们早已长了一双向往自由的翅膀，飞出了城堡。关爱是一种需要把握好度的力量，不然就会变成儿女们的负担。

妈妈

有时候，我们对别人给予的小恩小惠“感激不尽”，却对亲人的一辈子恩情视而不见，好好地珍惜与亲人之间的缘分吧，别等到再也不能挽回时才追悔莫及。

我在初中时，有一天和妈妈又吵架了，一气之下转身向外跑去，没想到外面正在下大雨。

身上一分钱也没带，就顺着一个个屋檐往前走，也不知道该往哪儿去，立刻就后悔与妈妈吵架。但倔强的心不允许自己回家去认错。

走了很长很长时间，直到雨渐渐小了。来到了好朋友的家里，他妈妈看到浑身湿透的我，就烧水要我洗澡，并把朋友的衣物给我换上，还煮了一份热腾腾的乌鸡汤给我喝。我一天都没吃东西，饿极了，他妈妈看出来了，又把剩菜剩饭热了一下给我吃。还从柜子里拿出一床被子和枕头放在朋友的床上给我用。我满怀感激，眼泪忽然掉了下来。

“你怎么了？”朋友的妈妈关切地问。

“我没事，我只是很感激。”我忙着擦眼泪，对阿姨说，“我不过是您孩子的朋友，您就对我这么好，还让我睡在您这儿。可是我自己的妈妈，因为我跟她吵架，竟然把我赶了出来，还叫我不要再回去。”

阿姨听了，摸摸我的头说：“孩子，你怎么这么想呢？你想想看，我只不过照顾了一下你，你就这么感激我。那你的妈妈从你还没出生就开始照顾你，你怎么不感激她呢？你怎么还跟她吵架？”

我愣住了。我想到现在妈妈一定在到处找我吧，于是赶紧给家里打电话，是妈妈接的，她的口气依然强硬，说爸爸在外面找了我一天，要我快点回家。我愧疚万分，妈妈一定一直守在电话机旁边，才会第一时间就接起了电话。

爸爸骑摩托车到朋友家楼下来接我，妈妈也坐在车后面一起来，我低着头听着妈妈的批评，心中却不再有怨恨，有的，只是一片温暖。

我们总认为，一山还有一山高，得不到的才是最好的。所以我们会忽略触手可得的小幸福，而去追寻遥不可及的大幸福，以至于，我们一直在漠视身边交错而过的点点滴滴的关爱，却在傻傻地等待一种未知的可以感天动地的大爱，这样是永远得不到幸福的。只有可以深深体会小温暖的人，才能拥有大爱。

口香糖

越来越快的生活节奏背后，呈现的是一张张表情冷漠的脸，如果在这样的生存条件下你不关爱自己，还有谁会更在乎你呢？

这是罗兰失业的第二天，她是被迫离开公司的，所有的同事联手对她施加压力，对她的工作挑三拣四，为的就是让她主动离开单位。本来她认为提交了辞职信，终于可以不用见那些丑恶的嘴脸后，一切就会豁然开朗起来。谁知道事实并非如此，她的心情依然差到了极点。本想用逛街购物的方式纾解心中的灰色，可一看到街上都是成群结队的人，只有她是孤单一个，显得毫无生机的时候，她觉得全身都没了力气，于是找了个位子坐下，黯然神伤。

她旁边坐着一个小男孩，对着她咯咯地笑，罗兰疑惑地看着男孩，男孩笑得越发厉害，指着她说："我刚才在椅子的靠背上粘了块口香糖，哈哈，现在粘在你的衣服上了！"罗兰听了万分气愤，站起来就想打那个坏小子，她觉得男孩和那些同事一样都有一颗恶毒的心。

看到男孩一脸惊恐，害怕自己打他的模样，罗兰突然就不想打那个男孩了。她脱下外套露出一件天蓝色的背心（那是她为了让自己心情好才买的昂贵的衣服），看上去美丽无比。她冲男孩笑笑，男孩也尴尬地笑着，并说："你真漂亮！"不管男孩说的是真是假，罗兰现在已经有了份好心情。

在罗兰起来准备惩罚男孩时，她突然想到男孩就如同那些刻薄的人，在她的身后准备看她的落魄戏，在这种时候更要加强自己的自信，让他们看到自己的笑脸和自尊，才对得起自己。

爱自己，相信你是最棒的，你就是最棒的。而当你自己都不爱自己时，其他人为什么要爱你呢？就连上帝都会要他们不再爱你，因为你是不值得被关爱的人。只有当你认识了自己，对自己好一些，不为其他人的阻挠而烦恼，不为生活的压力而悲伤，万事都朝着积极的方向去面对，相信自己最终会成为自己所构造的世界中最棒的那一位，就可以了，我相信你一定能成功。

优秀奖

关爱，体现在生活的各个方面，培养关爱的情操，就要从点点滴滴着手。

市里面举办小学生作文比赛，在低年级组有一篇作文获得了优秀奖，它用充满童趣的语言说了一件平常得再平常不过的事，却打动了所有审卷的老师。

文章是这么写的：今天我帮妈妈洗了手帕，妈妈夸我能干，还对邻居们说我长大了，懂事了，能帮妈妈忙了，我听得脸都红了。我的衣服都是妈妈洗的，但我从没谢过妈妈，今天我不过洗了一条手帕妈妈就非常自豪。以后我要多帮妈妈做家务。

清风吹起窗帘，栀子花的香味满布在家中各个角落，看到这样的文章，心中可以描绘出男孩母亲看了文章后会是怎样的表情，一定充满了幸福吧。

在我们记忆深处，最温暖最感动的都是那些点点滴滴的关爱细节。我们从不曾错过去体会它们，只是会遗忘，所以用我们的笔记录一路成长的轨迹。当走到人生的某一个阶段，再回过头去翻看这些记录，也许只是几个简单的词语或者一两句话，但生命仿佛被重演，那些感动也不只是记录在纸上，而是从心底深处活了过来。

你喜不喜欢我

不要以为你很孤单，记住，总会有人喜欢你。

对于汉娜来说，这是充满了绝望的一年，不断失业和搬家，还被男友一句“性格不合”给甩了，她觉得天旋地转，仿佛世上没有一处温暖的地方可以供自己安身，也没有人会喜欢自己了。带着悲伤的心情，她来到了姑妈家。姑妈住在一个相对落后的小镇上，这里的大部分人都种植果园，一派田园风貌。汉娜想在这儿休息一段时间，找回从前的自己。

镇上的孩子们对到来的新朋友感到十分好奇，迅速和汉娜打成一片，汉娜和他们在一起时虽然保持着笑容，但她知道自己依然不快乐。小孩子中有一个不是很合群的男孩，叫杰克，他总是远远地看着汉娜和别的小孩在一起玩，并不参与进来。有一天汉娜陪姑妈散步回来，看到一帮男孩在姑妈家门口打架，其中打得最凶的就是那个不合群的杰克，他一个人对四个人，头已经被打出了血。周围，散了一地的苹果。汉娜的第一个想法就是，杰克因为抢别人的苹果所以被其他人围攻，一定是这样，汉娜肯定地认为。

汉娜上前把男孩子们拉开，杰克一看到汉娜就连声问道：“你不喜欢我吗？”汉娜不明白他为何问这句话，就说：“是，像你这种喜欢打架的男孩谁都不会喜欢！”汉娜的本意是先批评他一遍，再和他交流的，哪知她话还没有说完，杰克就站起身一瘸一拐地走了。

第二天，那几个和杰克打架的男孩找到汉娜，对她说对不起，其实汉娜误会杰克了。原来杰克带了一大包苹果要送给汉娜，遇到了几个男孩，男孩们就嘲笑杰克，说汉娜不喜欢他，送的苹果汉娜也不会接受，所以才打起来的。汉娜听着听着，就感到内心非常难受，在杰克需要她说一句“我喜欢你”时，她却正在讨厌他，还让杰克带着重伤一个人回家。

汉娜找到杰克的家，却没有见到杰克，杰克因为伤势严重被送到市里面的大医院治疗。直到汉娜离开小镇也再没见过杰克，只是听说他康复得很快很顺利。回到市里后的第二个星期，汉娜收到一个陌生号码发来的短信：无论你喜不喜欢我，我都喜欢你的笑容，虽然是那样充满着哀伤，但其中还是有着无限希望，请你记住我，我和所有人一样喜欢你，就像父母喜欢我一样。落款人：杰克。在之后的日子，汉娜在痛苦和失意时，就会打开手机看杰克的这条短信，温暖她所有孤单的日子。

记住，你不是孤单地生活在这个世上，上帝造人的时候抽出亚当的肋骨塑造了一个夏娃，亚当和夏娃又塑造了千千万万的人。大家都是在关爱的温床中生长发芽，虽然有时候会受到伤害，但那只是暂时的暴风雨，在风雨过后一定会有漂亮的彩虹陪伴着你，与你一同微笑。

螳螂

I can do anything for you,you're my world,I will lose myself if I miss you.

我第一次见到螳螂是在小学二年级的时候，那天放学回家的路上，一只螳螂突然出现在我面前，对我挥舞着细长的胳膊。我觉得很好玩，就蹲下去碰它的胳膊，它还是不让开，静静地和我保持着对视。那条路上就我一个人，安静得很，玩了一分钟我就不想玩了，但我一起身正准备跨过它时，它又对我挥舞起胳膊。如果这条路上还有别人就好了，它可以去烦别人而不是纠缠着我一个人。那时的我如此想。但我没有时间和耐心陪它玩，就不顾它的张牙舞爪从它身上跨了过去，趾高气扬地走开了。

可还没走两步，我就发现又有一只螳螂出现在我面前，不过这只没有对我挥舞胳膊，它躺在地上，眼看奄奄一息，快要死了。显然，它在不久前被人踩了一脚。另一只螳螂这时也来到了躺着的这只身边，继续敌视着我，我一下反应过来，螳螂不顾生命危险，带着随时都会被踩死的牺牲精神，阻拦强大于自己上千万倍的行人不向前多走一步，只是要为它的伴侣多争取一些宝贵的生命时光。

在爱面前，危险变得如此微不足道，螳螂如此，更何况是人呢？我们学会呵护对自己来说最重要的，那就没有什么是做不到的，人生可以由自己决定。

好消息

当事情已经发生且于事无补时，就用包容之心把坏消息抛到脑后，用关怀之心挖掘其中的美好。

神父斯诺一生帮助过数不清的人，他总是在别人祷告完后问他们有什么生活上的问题，他都会全力帮助他们解决。他是人们公认的优秀的神父，人们也都愿意来他这里真心诚意地做祷告，大家都认为他是离耶稣最近的人。

一天，一个怀抱婴孩的陌生女子来到教堂，在斯诺神父面前说了很多她悲惨的身世，但她一直都没有抱怨，直到说到她的孩子，她突然就痛哭流涕，孩子生下来就没了父亲，现在重感冒又没钱医治，可能就要死去。如果孩子有什么三长两短，她也不想活了。斯诺被她感动，把自己一个月的收入全给了这陌生女人，并号召所有人帮助她，女人万分感谢地走了。

个把星期后，有人查到那女人是个骗子的事立刻传遍了整个教会，大家带着强烈的愤怒告诉斯诺那是撒旦派来的坏女人，那孩子根本没病，并且那孩子也根本不是那女人的，她只是抱来别人的孩子欺骗大家。

神父听后没有像大家预料中一样愤怒，他只是微笑着对大家说："我们本就希望那小孩没生病就好，这不，上帝听到了我们的祈求，这是个好消息，不是吗？"

有时候我们付出很多，却被人误会，被人不理解，甚至被人漠视，我们会伤心也会自怜，但上帝告诉我们，你所做的他全部看在了眼里。只要你是怀着一颗关爱的包容的心去付出，那么，总会有个好的结果。这个好结果是你带给大家的，哪怕大家并不知道，上帝知道就够了，不是吗？

卡东和米娅

当以爱的心态去面对困难的时候，将会有一种别样的温暖，那是圣洁的光照射在了你的身上。

卡东和米娅是好朋友，卡东对妈妈说：“米娅是我这辈子最好最好的朋友！”

妈妈笑眯眯地摸着他的头，说：“是吗？”

“嗯，我们要一辈子在一起哦！”

妈妈说：“那我问你个问题，让我看看你们的感情是否能天长地久吧。”

“好！”

“如果你们两个在沙漠，食物和水都被吃光喝光时，你会怎么办？是陪米娅继续走下去，还是丢下米娅自己走呢？”

“当然陪米娅继续走下去，直到走出沙漠！”卡东不假思索地说。

“但是，如果你一个人会走得快一些啊，陪着米娅走那不会拖了你的后腿吗？”

“不会的，妈妈，我会非常庆幸在什么都没有的情况下，还有米娅在我的身边……”

每件事都有正反两面，就看你选择哪一面。选择了反面，你会变得尖酸刻薄，甚至失去关爱的感觉，一颗心变得冰冷；选择正面，所有的困难在你眼前都不算什么，因为真爱一直会陪在你身边。

兄弟

真正的朋友不会事事处处都顾着你，而是当你误入歧途时提醒你，当你陷入绝境时帮助你。

说实在话，泰斯十分讨厌他的哥哥泰勒。哥哥泰勒有着长而卷的棕色头发，个子很高，是个帅小伙，而且还成绩优秀，德智体全面发展，是老师、家长和同学的最爱。而泰斯和他哥哥截然相反，不仅很邋遢还不爱学习，经常跟狐朋狗友混在一起。

泰斯经常和他的狐朋狗友一起出去作恶，但每每被泰勒逮个正着，有一次他们去偷单车泰勒就报了警，警察把他们全部抓起来关了两天。放出来后，父母把泰斯关在家里，不让他去见那帮狐朋狗友，泰斯更气泰勒了，他觉得泰勒一定是上帝派来和他作对的。一周后，泰斯重新回到学校，在放学的途中被坏孩子们围住，对他哥哥举报他们的事情要进行报复。无论泰斯怎么解释怎么求情他们都不听，追着泰斯猛打。

由于混乱，泰斯没有看见脚底下一个下水道的井盖没有了，于是他掉进了下水道。那些追打他的孩子看他掉进下水道也惊讶得不得了，不顾他的大声呼救四散跑开。就在这时，泰斯听到了泰勒那熟悉而响亮的叫声。泰斯从来没有像现在这样深切地感到，泰勒的到来对自己的重要。当泰勒把泰斯从井里救出来时，泰斯第一次把泰勒当成了自己最重要的兄弟，并且听从了泰勒的劝告，开始走上正途。

关爱你的人，在你真正需要帮助的时候会成为你的英雄，在你犯错误的时候会严厉指责，他们对你不敢有一丝疏忽，为了他们倾注在你身上的爱，你也要奋不顾身地成为一个完美无缺的个体，并成为他人的英雄。将关爱游戏一个接一个地传下去。

新家

每一个家庭成员都是其他成员生命中不可或缺的一部分，是重要的，是上帝赐给我的最珍贵的礼物。

爸爸去世不过一年，罗尔的妈妈就找了新的丈夫，新爸爸有两个儿子，罗尔是他们中最小的，只有十岁。两个新哥哥开始还觉得新鲜，会带罗尔玩，后发现罗尔是个沉闷的小孩，并且经常对他们不理不睬，就渐渐不带他玩了，把他冷落在一边。而罗尔的妈妈也把心思放在了新的家庭里，不再是罗尔一个人的妈妈了。罗尔看到妈妈和新家庭成员其乐融融的模样，感觉自己是外人，心都快碎了。

于是罗尔做了一个自认为很成熟的举动，他对妈妈说："妈妈，我要离家出走。"妈妈说："为什么？""因为我希望你幸福，我想因为我的存在或许会让你们生活变得尴尬，所以才想出这个办法。"他的脸上写满了悲伤，那小小的模样，看起来是那么天真，那么无辜，就像是一个天使。

妈妈听完后对此毫无表示，只是轻轻把手搭在罗尔肩头，对他说："哦，那好吧，我们开始收拾行李吧。"说着，就从储藏室拿出行李箱，然后去罗尔的房间整理衣物。

“妈妈，”罗尔说，“你在干什么？”

“你不是要离家出走吗？我帮你收拾行李。”此时妈妈已经把衣物整齐地摆放在行李箱中，又从储藏室拿出一个行李箱去她自己的房间，“我亲爱的儿子，你确实想要离家出走吗？”

“是的，妈妈，可是，你收拾东西干什么呢？”

“如果你真的要离家出走，那妈妈也得和你一起走。因为我绝不会让你孤单一人的。你知道，我非常爱你。”

当罗尔和妈妈说这些话的时候，新爸爸和两个哥哥在一旁看着，这时只听爸爸说：“你们走我也要走，因为我非常爱你们！”说着，爸爸便把罗尔和妈妈揽在怀中。

两个哥哥也跑过来从外圈把所有人环抱在其中，大声说：“你们都不准走，因为我们爱你们！这个家需要你们！”

罗尔眨巴着眼睛听大家说完，他想了一会儿，然后问道：“妈妈，我们可以留在家里不走吗？”

“当然可以，我们当然可以留下。”

“妈妈。”

“怎么啦？”

“我爱你，也爱你们！”

“爱”不只是说说而已，说多了反而会变成一种累赘，成为他人的负担。所以，爱不仅要说，更要以实际的行动来表示。没有人是冰冷的动物，尤其是你最亲的人，他们所做出的某些叛逆的、令人气愤的行为，也许只是为了得到你的爱。

牙套

只有关爱自己的人才能对自己负责，也只有对自己负责的人才能成为杰出的人。

二十七岁的杰突然去牙科把牙齿全部“整修”了一下，虽然他原来烟黄色的牙齿变得透白，错乱的牙齿也因为套上了牙套变得整齐，但大家依然不理解他为什么要花一两万去做这没意义的事。大家都认为戴牙套是学生时期该做的事情，杰都奔三的男人了，还如此注重外表，实在是个笑话。

戴了牙套后的杰没像大家预想的那样“笑不露齿”，他依然如往常一般张开嘴哈哈大笑，而且自从他戴了牙套，他整个人的感觉都变了，以前很少注重自己外表的他现在买了一堆化妆品和保养品，把以前的衣服全部更新成时下最流行时尚的牌子。在杰把牙套取下来之后，所有认识他的人都说他变了，光芒四射，像个从城堡中走出来的贵公子。而他的工作业绩也蒸蒸日上，连续三个月的

“最佳管理”，直接被单位派送到国外进修。

而当大家问起他改变的真正原因时，他笑着说：“一口不整齐又烟黄的牙齿，象征了一个人从小到大的生活情况和个人卫生状况，也说明了这个人对自己很不负责。从小我家的经济条件不允许我去做牙套，也不能对自己的生活要求过高，现在我有足够的经济能力让自己变得更好，所以我才对自己做了大调整。”

今天你是不是突然想改变一下呢？去美发店把头发弄得和街上的人都不一样，买一件一辈子只敢穿一次的花哨衣服，把自己打扮成华丽的王子或者公主，成为他人眼中的完美个体。有这个想法就去做一次吧，也许从此你会迷恋上“爱自己”的感觉哦。

站起来

每个孩子都有自己的人生，没有别人可以替代他走完全部人生，所以应让孩子自己经历风和雨。

相信大家都有学单车的经历吧，开始先骑四轮的，就是后轮旁有两个小轮子保持平衡，但是七岁的玛塔一开始学便坐在了妈妈的女式单车上。玛塔的爸爸先是扶着单车带玛塔骑了一段路，在玛塔渐渐掌握好方向的时候，放开了手，而玛塔立刻就感觉到了。于是在爸爸脱手后，还没骑一米远玛塔便重重地摔在了地上，单车压在身上，划破了她的皮肤，鲜血直流。

玛塔立刻就哭了，但是爸爸并没有去扶她，并使眼色让妈妈也不要扶她，他大声叫玛塔：“站起来，我最棒的玛塔女儿！现在你是在承受成长的代价，虽然有爸爸妈妈陪伴着你，但是你要自己站起来！”

爸爸继续扶着单车的后部，训练玛塔在单车上的平衡感。松手后，爸爸和妈妈相隔3米左右的距离，让玛塔在他们之间骑来骑去。玛塔还是不断地摔倒，站起来，又摔倒，再站起来骑上单车。就这样，爸爸妈妈的距离也渐渐地越来越远，玛塔仅仅用了一个下午就会骑车了。

回到家，爸爸用酒精给玛塔擦身上的伤痕，那双大而有力的手显得无比轻柔而灵巧。一时间，所有的委屈和怨恨都涌上心头，玛塔哇哇地哭了。爸爸边用餐巾纸给玛塔擦拭泪水，边轻轻叹了口气，说："最棒的玛塔女儿，你知道吗，这只是你人生中小小的伤痛，在以后成长的路上你将遭遇更多刻骨铭心的伤痛，而爸爸和妈妈不可能陪你一辈子的。所以在有限的时间里，爸爸将教会你在面对挫折时如何站起来！"

爸爸的声音平静而坚定，仿佛这话已经在他心中准备了很久，只是一直不曾说出来。听了这话，玛塔停止了哭泣，虽然她还不很明白爸爸话语里的意思，但也能感受到其中深刻的伤感，她伸出白嫩的小手轻轻抚摸爸爸的额头和眼角，那儿，有太多太多的皱纹。

面对挫折，我们要学会站起来，这，在年幼时候，爸爸和妈妈早就教过我们，这世上只有他们愿意教我们这些。面对任何的挫折都权当是一种磨炼吧，玫瑰只有经历风雨才能绽放美丽，一味藏躲在温室里的生命，少了风雨的洗涤，同时也少了许多生活的味道。

给你最好的

世界上有卑微的男女，却没有卑微的爱情，爱她，就给她最好的。

所有人都想不通，像罗珊娜这样的美女怎么会嫁给约瑟夫这样既没长相又没钱财的男子，就是到了进礼堂的前一刻，还有人在罗珊娜的耳边轻声问她：“真的决定了？想好了？结婚可不是儿戏，不要为了赌气而毁了自己一辈子的幸福啊！”是的，所有人都认为罗珊娜是因为其他秘密的原因才和约瑟夫结婚的。但事实证明，罗珊娜是爱约瑟夫的，虽然他只是一介凡夫俗子，根本配不上罗珊娜这样的美女，但听了罗珊娜说的故事后，所有人都改变了看法，为这温馨甜蜜的一对送上了真挚的祝福。

刚开始，罗珊娜根本没把约瑟夫放在眼里，他在她眼中和萝卜白菜没什么区别，但约瑟夫却非常喜欢罗珊娜，经常托朋友给罗珊娜送礼物，不像别人都是花大价钱买的礼物和玫瑰，约瑟夫的礼物都是他亲手制作的贺卡和小玩意儿。罗珊娜看着喜欢，就约约瑟夫出来玩。

在约会中，约瑟夫对罗珊娜毕恭毕敬，什么都顺着罗珊娜的意思。看电影时要罗珊娜选，逛公园也由罗珊娜选，就是吃饭都要罗珊娜挑地方。罗珊娜和别的男生约会都是男生安排好，她还从没见过像约瑟夫这么随便的男生，立刻对他叫起来："你有点主见好不好，也太窝囊了吧！"约瑟夫愣了，随即叹了口气，道："我只是一个普通工人的儿子，不能给你宽敞的住房和漂亮汽车，我只想在自己'能'的范围内，给你最好的。"就是这么一句话打动了罗珊娜，她立刻与他成了情侣，直到结为夫妻。

关爱，体现在生活的方方面面，只要你一直坚持去温暖他人，他人就一定会感觉到，并给予回报。可能你的第一百次付出他人才能感觉到，在前面的九十九次你会沮丧、难过，但如果没有那九十九次，哪来这第一百次呢？

感激的心

关爱应体现在生活的方方面面，而感激也应如此。

在电梯里，一个衣着干净、形象潇洒的小伙子被挤在人群中，他去的那层没有人去，所以他只有辛苦地踮着脚尽量把手伸长，想按电钮。电梯旁边的女士看到了他努力的模样，就问他到哪一层，并帮他按了楼层的数字按钮，他却没有说“谢谢”。那个帮忙的女士是该公司的人力资源主管，而那小伙子是个拥有硕士学位的应聘者，她没有录取他，原因在于他得到帮助不懂得感谢，这样的人缺少了合作精神，别人很难与这种人合作，因为开口请求正当的帮助对他是很困难的事情。

在生活中我们经常遇到不会道谢的人，比如，别人找你问路你非常仔细地告诉他之后，没有感谢只有匆忙离去的背影；半夜睡不着的人哭着打电话给你，你把她安慰好了，没得到她的感谢只得到一夜的辗转难眠；你平时很勤快，把办公室的劳务都包了，到最后却让他人认为是理所应当的事，没有任何感谢……其实，感谢是一句多么容易的话语，却被人忽略，这不正说明那人是一个只懂得接受却不会付出的人吗？

不要以为世界亏欠了你什么，要从自身考虑，自己是否亏欠了世界什么呢？万事皆有因果，从不接受他人对你的好，也别指望他人会对你好，这就是关爱定律。

鸟的在乎

生命是多么短暂而又美好，所以请爱护每一条生命，尽你所有能力。

弗洛德是个十一岁的男生，他家附近有片森林，每天都会有游客到这儿来打鸟，所以地上经常散落着许多鸟的尸体，其中有一些鸟受了伤还没死掉。而弗洛德每天下午五点都会去森林散步，然后把那些受了伤的鸟带回家疗伤。弗洛德的妈妈是个心灵手巧的女性，她总能把弗洛德带回来的“伤员”照顾得无微不至，待小鸟们恢复健康，弗洛德会让它们回到蓝天的怀抱。

某个电视台听闻这件事后就来到弗洛德家采访他的妈妈，妈妈说鸟儿们都是儿子的朋友，所以当然要对它们好。记者又采访弗洛德，说：“这么多鸟被枪杀，你是救不过来的，而且就算你救的鸟回到天上，还是有被枪杀的一天，你知道这点吗？孩子。”

“我知道。”弗洛德头也不抬地回答。

“那你为什么还不断地把它们带回家治疗呢？谁在乎呢？”

“鸟儿们在乎！”弗洛德用手轻轻抚摸一只才带回来的鸟，那只鸟的头无力地耷拉在一边，继而他又抚摸另一只鸟，说，“你看，这只在乎，那只鸟在乎！”妈妈听了弗洛德的回答，欣慰地笑了。

所有的生命都是宝贵的，都希望被他人关爱，没有谁希望被遗弃，于是，我们要用更大的努力和怀抱去接受那些受伤的生命和受伤的心灵，对他们开出一种名为“关爱”的处方，这将比任何的良药都更有效。

请客

世上最伟大的就是母爱，它渗透到生活的每一个细节里，带给所有的人一片温暖。

母亲千里迢迢从台北来到纽约，只为了儿子一句话：妈妈，我和雷蒂每天都忙死了，孩子没人管，你来帮我们带带吧。母亲只在度蜜月时来过一次纽约，现在对它一点印象都没有了。于是她每天也不出门，早上帮儿子和媳妇做好饭，就一直照顾还躺在婴儿床里的小Baby，直到晚上儿子他们下班回来又开始做饭、洗衣。儿子要给她一些钱去买菜，她坚决不接受儿子的钱，她说他们还年轻，需要钱来供房供车，还要供小孩上学。

母亲在儿子家这样待了半年，临走前的一天，儿子和雷蒂商量带母亲出去吃一餐。儿子说要带母亲去高级会所，享受一下纽约富人的生活方式，雷蒂却极力反对。雷蒂认为那种地方消费太高，请母亲去吃中国或泰国等亚洲菜就好。儿子心中委屈，母亲大老远过来在自己家做了半年免费的保姆和钟点工，带母亲去享受一下又有何不可？但是他说不过雷蒂，就只好选了一家档次高的中餐店带母亲去吃。

当母亲走到中餐店门口，仅看了两眼那金碧辉煌的大门，就从门旁走了过去，没有进去。儿子急了，对母亲说：“我带了钱，你别舍不得花！”雷蒂在旁狠狠扭了一下他的胳膊。母亲笑呵呵地说：“我吃不惯那里面的饭。”接着在街上转了半天，母亲没有选中一家餐馆，不是嫌这家不合她口味，就是嫌那家人太多，最后他们进了麦当劳。“就这里吧，我还没来麦当劳吃过呢。”母亲这样说，但儿子知道母亲是不喜欢吃麦当劳的，从小到大，母亲总是阻止儿子去吃麦当劳，说那种食品除了能填饱肚子之外对身体没什么好处。今天母亲选择这里一定是想这里便宜，舍不得儿子花钱。雷蒂很高兴母亲选择了麦当劳，点了一大堆最新推出的套餐。母亲吃了几口，然后说：“味道还不错，你也吃吧，虽然我一直告诫你不能吃这种食物，但今天点了这么多我一个老太婆也吃不完，不要浪费了啊！”雷蒂接话道：“Baby也可以吃啊，他牙齿都长出来了……”话还没说完就给母亲打断了：“小孩子不能吃这种垃圾食品，对他健康有害。”雷蒂的脸一下就红了。

送母亲上飞机时，母亲把雷蒂叫到旁边，说：“你们要好好计划自己的钱，千万不要像昨天一样花钱请客吃饭，无论花多少钱对你们年轻人来说都是不值得的。尽量在家中做饭。还有，以后我再来时，你们就别对我这么客气了，我随便吃什么都好，不用再请我，我只要看到你们平安幸福就好……”

这世上有一种爱是用毕生能力也还不完的，那就是母爱。无论你如何做、怎么做都只是表象，母亲不需要你为她做什么，只要你们安心接受她的付出，她就会感到幸福，这种爱体现在所有的母亲身上，无论是人还是动物、植物，她们让这个世界与众不同。

车祸

有些人永远惦记着你，请你也永远记着他们，在生命最后的时刻，你会知道有这么一个人在心中是多么美好的事情。

丹尼突然接到一个电话，说是他前妻出了车祸，生命危在旦夕。他一下子震惊并呆住了，前妻芙鲁思和他生活的点点滴滴在他脑中一一闪现出来，这个曾经以为离婚了便不会再见面的女人，在生命的最后一刻竟然会想到他，这让丹尼很感动，立刻开车奔向医院。

一路上，丹尼祈祷了一千遍一万遍，希望芙鲁思能恢复健康，希望芙鲁思对自己的恨意已经消失。转眼间便到了医院，随着护士的指引，丹尼来到一间充满哭泣声的病房，一大群人围在病床旁，病床上的人正是芙鲁思，她已经永远地合上了眼睛。丹尼的心突然一沉，这个曾经陪伴自己多年的亲人就这样匆匆离去了，而自己连她最后一面都没见着。他全身无力地瘫在了病房外的座椅上。当初他们甜蜜恋爱直到最后变成仇人的时光历历在目，想着想着，他就流下了眼泪，这世上最懂他的女人永远见不着了。

这时一个护士走到他身边，对他说："请问你是丹尼吗？"丹尼望着她不说话。"看来你就是丹尼了，这里有一张纸条是给你的。"丹尼疑惑地打开纸条，一看落款是"芙鲁思"，心跳变得特别急速。

"我亲爱的丹尼，我早已原谅你在我们最后的日子还是那么暴躁，也请你原谅我一直不是那么温柔的女人。我知道你爱我，我也爱你，感谢你曾陪伴我走过那么长的路，这是我这辈子最美的记忆。芙鲁思。"丹尼的手颤抖着把纸条紧紧攥在胸前。

人们总是在最后一刻才能学会宽恕，耽误了自己也耽误了别人，不觉得可惜吗？给自己打气，提醒自己每个人都需要他人的关爱和期待，也许他等待的那个人就是你，这样你就有勇气对身边的人付出你的爱，说出你的感触，尝试这样做一次，或许感觉会很好呢。

自由式

每个人的存在都有他的方式和意义，有不适合你的路就必定有适合你的路，千万不要把自己堵在一条路上，多找机会开发你的潜能。

初中的杰米最讨厌的便是上体育课，尤其男孩子上体育课必须学习游泳，并在校运会上报名比赛。杰米一直没什么运动细胞，好不容易学会在水里憋气，就把头埋在水中，四肢极其不协调地在水中乱扑打。老师认为他是个捣乱的家伙，就放任他一人在旁边观看，不准他下水。这样倒让杰米高兴起来，不用下水的他就在岸边练习下蹲跳远等老师安排他做的枯燥运动。

在一年一度的运动会上，杰米是唯一没有报名参加游泳比赛的男孩，所有同学都怕他拖班级的后腿，不欢迎他参赛，他自己也对不用参加比赛感到愉悦。体育老师要杰米原地跳远给他看，杰米很轻松地跳了2米，老师眼前一亮，又把他带到了跳远的沙坑，要他跳。杰米很努力地起跑，起跳，3米！一旁的男孩们都看傻了眼，他们怎么也不相信眼前这个跳远的男孩，是他们熟悉的不爱运动的杰米。杰米也惊讶自己能跳这么远，老师微笑着说：“我就看你手长脚长，可惜你不喜欢游泳，所以我要你在泳池旁练习跳远，果然，我的眼光没错。”

那次运动会杰米虽然没参加游泳比赛，但他为班级夺得了一张跳远的奖状，同样为班级争了光。很多年以后，每当遇到各种困难和挫折的时候，他总会想起体育老师说的话：“果然，我的眼光没错！”

每个人都有属于自己的优点，只有充满了关爱的人才能发现这些细节，并把他们的优点发挥到极致。如果你从不去关心别人，或者你从来都排斥不和你同一国的人，那么你也永远发现不了他们的优点，也永远不会被他们发现你的好。

第二辑

在真情世界马拉松

这世上，依然有许多穷苦的地方，那里缺少关爱，有人失去子女，有人没有亲友，有人甚至不知道天空的颜色……我们能为他们做些什么？要为他们做些什么？

妈妈的妈妈

不要因为那些离开的亲朋而对世界充满绝望，你还有属于你的未来，在黑暗的背面，是一片温暖的阳光。

那个月，我自认为生命中最重要的朋友因为联考的压力，选择从二十二层的楼顶跳下，结束自己的生命，摆脱了所有烦恼。但我却很难过，那是我第一次接触死亡，第一次感觉到生命的残酷。于是我把自己关在房间中，捂着被子大声地哭，放肆地尖叫。这一切都被妈妈看在了眼中。

如此悲伤地过了一个月，我的悲伤却一点也没有减少。为了不让父母担心，我艰难地走出房门，上学，回家，重复一切我不愿再去接触的生活。一天回家，母亲微笑着为我开门，然后邀请我在沙发上坐一会儿，并给我泡了一杯绿茶。她就坐在我的身边，开始讲故事。

“妈妈这一生最爱的人是我的妈妈，就是你的外婆，她是一个慈祥的老人，也是那个时代为数不多的有文化的老人，但是她一辈子却没享过什么福。我家三个就我最小，又是女娃子，所以妈妈特别疼我，有好吃的好玩的都先就着我，仿佛要把她以前缺少的幸福和快乐都在我身上找回来似的。后来父亲因为工作的关系，把两个哥哥带在身边，一起去了外省生活，于是就留下我和妈妈两个人。我也就在她无微不至的照顾下长大，没做过一点家务也没受过一丁点苦，外婆永远是你妈妈的守护神……”

妈妈以前在电台做广播员，知道如何运用声音，并且这是她自己的故事，于是我不由得竖起了耳朵。

“妈妈十八岁那年就离开外婆，自己出来工作了，忙碌的工作和学习让妈妈连给外婆写信的时间都没有。接着妈妈就认识了你爸爸，与外婆渐渐疏离。在妈妈怀上你第八个月的时候，哥哥给我打电话说外婆生病了，而我并没有在意，那时的我脑子中只有你。再后来，哥哥催促我赶快回去，说外婆快不行了，那时的我却为了生你而没有去和外婆见最后一面。据哥哥们说，你外婆死的时候还在念着我的名字，念着念着就不行了。”

我扭过头，心想妈妈可能流泪了，但是看到的只是一张温柔的面孔。

“妈妈现在都在自责，世上最亲爱的人去了，我都不能陪伴在她的身边，这也许是妈妈一辈子所犯下的最大的错误。现在妈妈老了，经常会梦到你外婆和年幼的我，死亡，是多么可怕的事。所以，我能了解你失去朋友的痛楚，但是离我们而去的人是希望我们快乐的。”

我看着眼前玻璃杯中的茶叶，一根一根漂浮在水面上，那么清新雅致。

“随着你的长大，你将会看到更多的死亡，甚至包括妈妈，但你不要悲伤，就当我们睡着了，正在做着甜美的梦，就不要哭哭闹闹地吵醒我们了。”

每个人从来到这个世界上就开始为自己的生命倒计时。在非洲的一个部落，每个人生下来就是七十岁，每过一年减少一岁，直到减少到一时他们就等着上天把他们接走。这个故事虽然悲哀，但是也提醒了我们活在世上要好好珍惜自己度过的每一天，但也不要为亲朋的离去而悲伤，他们正在天堂过着他们的生活，用你的爱为他们祝福就好。

栀子花开

对于一个你会全心为之付出的人，你能带给他浪漫吗？如果能，那么就赶紧付诸行动吧。

五岁那年她得了一场重感冒，因为没来得及治疗，她这一生就只有躺在病床上，一动也不能动。从那时起，她就充满了恨，每天必做的事就是唠唠叨叨，满嘴的诅咒。她恨自己不能同其他孩子一般在草地上奔跑，恨永远都只能躺在病床上如同活着的死人，她最恨的还是她的父母，如果她出生在其他家庭，一定不会发生这种事。

今年她已经十二岁了，七年多的平躺生活让她变得平和，父母为了她没有另外要小孩，他们知道这是他们犯的错，不能让她更痛苦了。一天，她对妈妈说："妈妈，你见过栀子花吗？""在开发区就有栀子花啊，怎么了？"她听到这儿就不再说话了，她知道开发区离自己住的地方至少得一个多小时的车程，以她的状况起床都不可能。但，又过了几天她对父亲说："我们家门前能种栀子花吗？我想看看青春的模样。”一句话说得父亲感慨万千，瘫痪的女儿希望通过栀子花看到青春的模样，他一定会完成她的心愿。

于是，父亲和母亲一起去买栀子花的种子，谁知道卖花人说无论如何也不能在一两天内种出花来，就折了两根栀子花给他们。他们拿到她面前时，她大哭不止，说：“我要的是有生命的栀子花，不要这种与我一般残疾的栀子花！”第二天，父亲就来到了开发区，看到栀子花已全部开放，如洁白的云，一团团一簇簇，张扬着青春的生命力，他原本黯然的心顿时明亮起来。他拿起一根木棍将栀子花打落，然后将落在地上的栀子花收集进一个大大的背包中。

父亲背着这包栀子花跑上房顶，然后开始缓慢地往下撒。第一朵栀子花落下时就被母亲看见了，她兴奋地对女儿说：“看，栀子花开！”女儿朝窗外偏头，见到了一幅异常美丽的图画，栀子花打着旋儿对着她微笑和祝福。她知道这是父母的杰作，是父母对她无微不至关怀的表现，她的心中温暖一片，充满了幸福。

也许只是一个小心意一个小动作，就能体现出你对他人的爱，所以，多开动小脑筋多做些小动作，送些小心意，让别人感受到你对他的爱。他们需要的不仅仅是生理需求或者安全需要，还有非常多非常多的爱。

黑眼睛

自信，是一个人捍卫尊严的基础。

她是学校唯一黑眼睛的孩子，黑眼睛黑头发，是的，她是个中国人。来美国之前她是个开朗又活泼的女孩，年年都是班长，在这里，她变得异常孤僻，不愿与人交流，再加上她的英语并不是很好，就更加深了她对学校的反感。

学校要上演舞台剧，其中有一段需要女声独唱，老师推荐她表演，她感到十分意外，因为这段舞台剧是要送去参加全国比赛的，如此重要的角色怎么会选中她。其实这只是老师安排的一个计划，因为每个人都会为了荣誉而努力，所以老师希望能通过让她参加演出而改变她孤僻的性格。对于最终她是否能独唱并没有抱太多想法，毕竟谁也没听过她唱歌。

她很努力地在家里缠着妈妈陪同练习标准的英语，把歌曲一遍遍反复听。谁也没想到她从小就学习音乐，在音乐方面她有过人的天赋。有一天她在学校的花园里轻轻哼唱时，被独唱的另一个候选人听见，那女孩听得目瞪口呆，因为她的声音就像天籁一般。嫉妒让那个女生在老师和同学那里散播关于她的谣言，说她品行不端还吸毒，根本不配参加演出。老师听信了那个女生的话，心想反正也没想过真的让她上台，就取消了她的演出资格。听到这个消息她异常愤怒，一连几天没去学校。

就在老师调查出那个女生是在造谣正后悔不已的时候，她的母亲来到学校，还没等老师道歉，母亲就从包中拿出一个精美的日记本——看来是她的——交给老师，然后说："我相信我的女儿是最优秀的，请你们如同我一样爱护她！"说着就哭了。老师翻开日记本，上面写着："我很努力地想把自己最好的一面表现在舞台上，我是多么希望能通过这次表演让同学们接受我，不要把我当成异类……"那次的表演很成功，尤其是她独唱的那一段，被老师和同学们评为"天使的声音"，她又恢复了开朗的个性，那一双黑眼睛成为了校园里最独特亮丽的风景线。

每个人都有值得他人尊重与骄傲之处，也许在现实的情况下被压迫得不能去捍卫，那就保持自信的心理，告诉自己：我才是最棒的，这样做才是最对的！那么，你的尊严就能被你的自信所保护，不容他人侵犯。

莱特·查尔斯的信

在经历悲惨的时候，请记住，总会有一个人在默默地分担你的苦难。

那是个兵荒马乱的年代，年轻人都去为国而战，城市里仅剩下老人、小孩和妇女。这帮人里有文化的不多，所以他们连封信也不能给战场上的亲人们送去。莱特·查尔斯是个十一岁的男孩，他的父亲和舅舅叔叔们都上了战场，家中仅剩一帮女人和他。他的母亲也是全城最有文化的女人，在那个艰难岁月，她教会莱特·查尔斯认字和写字。

听说查尔斯会写字，其他的小朋友就要他教他们写自己的名字，查尔斯就一笔一画地教他们，遇到不会的立刻回家请教母亲。久而久之，要查尔斯教写名字的人越来越多，除了小孩，还有一些大人。他们想学会写自己的名字，还有诸如“孩子，我很好”这样简单的句子。查尔斯的母亲见大家想用写信的方式表达对亲人的思念，就在城里免费开了一个文化班，教大家一些简单的语句。

而对于那些已经失去学习兴趣和能力的老年人，查尔斯的母亲会亲自帮他们给战场上的孩子们写信，每天都会写上四五封。但写完了，查尔斯的母亲一定要求他们学会写自己的名字，然后在信的末尾签名，她说："这样，你的亲人才能感受到你对他们的关爱。"虽然并不是所有的人都能收到他们亲人的信，但每一封被寄出的信，都被赋予了寄信人的希望和温暖。查尔斯说："没有任何东西能像信一样，把人和人拉近在一起，随着文字的韵律而感动，而得到关爱。"

表达爱的方式可以用嘴去说，也可以用行动表示，那其他的呢？你还有想过怎样去表达你对他人的关心，怎么去表达你对他人的思念吗？如果你愿意，每天一种新的表达爱的方式都不是问题，只要你是真的在关爱着那个人。

生日蛋糕

在爱的世界中没有寒冷没有饥饿，有的，是一片温暖。

糕点房的师傅罗多诺在厨房焦急地寻找着什么，他满头大汗地一直找到晚上八点，小小的厨房每一个角落都被他找了不下十遍，他想一定找不到了，一定是揉面包时弄丢了。今天的生意又十分好，所有的糕点都被卖光，看来罗多诺的东西是找寻不到了。他所遗失的，是一枚关乎他一辈子幸福的订婚戒指，如果告诉新娘戒指没了，一定会引发不小的家庭战争。

罗多诺苦恼地走出糕点房，锁门的时候发现两个小孩蹲在门边，他们看见罗多诺就起身跑开了。这是冬天，而两个小孩却衣着单薄，一看就是穷人家的孩子，罗多诺没多在意他们，他想他们应该是躲在屋檐下面避风吧。

罗多诺走到车库刚打开车门，又见到那两个小孩，他们拽着罗多诺的衣角，仰头盯着他，原来是一男一女。“先生，这是您的戒指吗？我们在店外看您找了很久，就想这个可能是您的。”糕点房四面都是玻璃，所以罗多诺在厨房里面的一举一动外面都看得清楚。罗多诺立刻拿过来一看，果真是他的戒指，在高兴万分的情况下他仍保持着冷静，他说：“你们需要什么？我都能满足你们！”他心想，这些小孩无非就是想要些钱。

男孩子说话了：“先生，我们本来是想把您的戒指卖了换钱。您不知道我们已经饿得前胸贴后背了，拿了最后的钱去你们糕点房买了那块带着戒指的面包。所以，在您从糕点房出来时，我们都在犹豫是否还给您。”罗多诺心里一紧，想这小孩不是想敲诈吧，立刻对两个小孩充满了敌意。

“当然，先生，我们把戒指还给您是有目的的。”男孩很直接地说，罗多诺就见到女孩眼中散发出兴奋的光芒，这一定是个大数目，“我想您为我们做一个蛋糕，明天是我们母亲的生日。”罗多诺惊讶地看着两个小孩单纯的面孔，他们不知道这枚戒指卖了可以换数百上千个蛋糕吗？

“我知道我们要求过分了些，”女孩说，“本来就是您的东西我们怎么能再找您要东西呢？但是我们真的想给妈妈送个生日蛋糕，请您满足我们的心愿。”罗多诺只感到一股暖流涌进眼眶，他说：“好，好，我一定为你们的母亲做个最漂亮的生日蛋糕！不仅今年送，明年也要送，年年都送。你们的生日蛋糕我也都包了，你们是什么时候生日？哦，你们天天都要过生日的，不是吗？那你们就天天都来我店里吃蛋糕面包吧，你们觉得我做的面包还好吃吧？”“嗯，先生您的蛋糕是世上最温暖的蛋糕！”罗多诺一直遵守着自己的诺言，每天两个孩子都可以到店里来要面包或蛋糕。罗多诺说，他们一定是天使的化身，天使在人间！

不要总是自怨自怜自己所生活的环境不好，也不要总是感慨他人得到的爱比你多，关键看你是用何种心态去面对。有的人一辈子生活在农村，但他们认为这是上天赐给他们的世外桃源，有的人住在王宫却像被关在笼子里的鸟，所以在你贫穷落魄的时候，也一定要怀着助人为乐的心态，别人得到了你的关爱，自然你也会得到更多的关爱。

玫瑰园

只有与玫瑰一样经历过风吹雨打的磨难开出的花，才能与玫瑰一样拥有芬芳的香味。

有一处玫瑰园，里面的玫瑰是全国最美丽、最娇贵的，被称为这个国家的国宝之一。玫瑰园的主人非常善良，和蔼可亲，他的传奇人生被大家津津乐道。

他四岁那年被人贩子卖到一个极为偏僻的地方，买他的那户人家用尽了全部家当，所以就没钱供他上学。到上学的年龄，他就种地放牛。他的养父是个酒鬼，成天无事生非，殴打他和他的养母，每次都把问题指向养母不能生小孩的事情上。他几次想逃离这个家庭，都被养父的朋友逮个正着，并用铁链子拴过。在他十二岁的时候，有人到村里征集小孩去学戏剧，大家都认为这是好出路，他也报了名，他想：只要应征上了就能远离养父的毒手。他果然应征上了，负责征集的人给了他家人一笔钱，说要带他出去两三年，养母很舍不得他，但也指望他能学到些本事，就泪眼汪汪地送走了他。

没想到这些人根本不是征集小孩去学戏剧，而是带着十一二个小孩在城里偷窃。他天生手笨一次都没偷成功过，倒是进了三次管教所。第三次进管教所的时候，他把自己的身世告诉了警察，警察都乐意把他从偷窃犯中救出，并帮他寻找亲生父母。他就在管教所待了下来，做了一名植树工人。

历尽千辛万苦，警察用两年的时间找寻到了他的父母，但他们却没有相认，双方都已感觉不到血缘亲情，并且他的父母有了一对儿女，不愿意他来打扰他们正常的生活。这之后的一天，他突然开朗起来，不再像从前那样天天摆出一副苦瓜脸，他对谁都笑，无论熟人还是陌生人。然后他转到这个玫瑰园工作，玫瑰园的主人一看他就喜欢，再加上他工作努力，对谁都一副热心肠，玫瑰园的主人在去世前把玫瑰园给了他。

有人问他，为什么经历这么多苦难后，却越发开朗呢？他回答：“只有经历了那么多苦难，我才更加珍惜眼前的真情。”

有时候，上天会把你逼到一种近乎绝境的地步，很容易就一失足成千古恨。但当你走过去之后，将看到另一番豁然开朗的景象。这也是命运给你的一种经历，可能在经受的时候，你会觉得老天挺不公平的，仿佛设了一个圈套，让你越陷越深，但结束了那一段艰难困苦的旅程之后，你的心将变得坚强和宽容，这就是上天送给你的最特别的、有别于他人的礼物。

这爱

有些人，一旦错过就永远错过，花开只一次，所以在花开时请守护好你的爱。

他是为了忘记另一个女人才向她求婚的，这点她明白，但她不计较。因为她相信两个人在一起久了就会产生非一般的感情，于是她努力地一切为他着想，从不让他做一点家务，也尽量避免发生口角，她被他的朋友称赞为“出得厅堂进得厨房”的贤妻良母。而他一直对她礼貌有加，她不曾感到过一点浓情蜜意。她还是不在意，她想他们不过在一起只有两年，还有更长的路等着他们携手走下去，而在以后的路上他一定能感受到自己对他的爱，于是她更努力地做一个好妻子。

但是她还没等到他爱她的时候，他提出了离婚，还是为了另一个女人，他对她说，那个女人才是他一辈子的最爱。她彻底崩溃，这次真伤了心，太伤心了，所有的付出他全看不见，心中只记得那个女人。“离，”她大喊，“你滚吧，从此我再也不想看见你了！”

他走了，她浑浑噩噩过了半年，父母帮她介绍了个男人，就结了婚。他又出现在她面前，对她先是抱怨原来自己只是把另一个女人当作自己的东西，舍不得变成别人的。而后又慎重地对她说，她是他一辈子唯一的爱人，在没有她的日子里他已经不是他了。他希望她重新回到自己身边。

她被他一席话说得痛哭流涕，原来自己的付出并不是没有回报，只是这回报太晚了。他提出离婚那天的场景在她的噩梦中反复出现，她不希望自己的离去留给现在的丈夫一个同样痛苦的回忆，她拒绝了他。看着他离去的背影，她想这一切都结束了，总算有个完美的句号。

在她非常老非常老的时候，她在自己的日记中写道：对于那些你所爱过的人，只要你曾用心付出，那么总会开花，但不一定结果。因为，在你爱他的时候他并不知道，当他需要你时，花已经谢了。

在爱的国度，没有谁对谁错，只有珍惜与否。如果你真的爱一个人，就为他付出吧，哪怕他从不曾感受到，但是你自己能感受到就好，这爱，付出过，就值得一辈子去体会。而对于认为从没受到过你的关爱的人，是他们的损失，他们错过了一朵花开的时间。

陪伴

错失了一个机会还有更多机会，错失了一个工作还有其他工作，而错失一份亲情，什么也取代不了。

巴巴图斯结婚的第二年便随朋友踏上了去异乡开采石油的旅途，所有人都明白，只要开采到石油，就等于挖到宝藏。巴巴图斯和乡亲们一起抱着这样宏伟的梦想，一走就是十年。其间，他的妻子多次写信告知他生活的情况，还有他从没见过的儿子的成长情况。因为忙碌，巴巴图斯从没有认真把信读完过，也从没回过信。逐渐有人因受不了寻找石油的苦，陆续结伴离开这趟梦想的旅途，最后，他们那一批出行的人只剩下巴巴图斯一个仍在继续。

好友约德逊离开时，握着巴巴图斯的手说："你也一起回吧，你的妻儿需要你。"巴巴图斯回答："我如果找到了石油，他们就能过上幸福的生活，而我现在回去不过是碌碌无为的一个人，对他们又有什么帮助呢？"约德逊见无论如何不能劝巴巴图斯和自己一起回去，就对巴巴图斯说："那你要我为你带礼物或口信给你的妻儿吗？"巴巴图斯想了很久，然后走回帐篷拿起剪刀，把长及肩的头发剪下一撮，用粗线扎在一起，放进信封，让约德逊带回去："告诉他们，我陪伴着他们。"

巴巴图斯找到石油啦！这消息仿佛惊天动地的喜讯传遍了巴巴图斯的家乡。巴巴图斯带着巨额金钱回来了，而他那从没见过面的儿子却在病床上奄奄一息。巴巴图斯天天陪伴在他儿子身边，以泪洗面，他怎么也想不通老天为何对他如此不公平，有了钱本可以一家人过上幸福生活时，竟然让儿子患了癌症。没多久巴巴图斯的儿子便离开了人世，在葬礼那天，巴巴图斯的妻子拿出一个信封与儿子的尸体一起火葬，巴巴图斯一看，那不就是装有他头发的信封吗？妻子平静地说："从今往后，我便不再是巴巴图斯的妻子了，在儿子生病时我已做出决定，他从来不是我的丈夫，我也从不记得他的模样。"

巴巴图斯对妻子的话语感到异常惊讶，只听他妻子继续说："我的儿子从来都需要父亲的陪伴，现在我把他父亲的毛发与其一起火葬，这样，他的父亲就与他在一起了。"一番话，令在场所有人都大受感动，巴巴图斯突然感到自己用十年时间浪费了一辈子。

你是否考虑过，在这偌大的世界中我们究竟是为谁而活？为自己，还是为别人？其实所有人都是为别人在活，从出生开始为父母活，然后为朋友活，接下来为家庭活，最后还要为子孙活，所以人这一辈子是背负着负担而活的。在为他人活着的过程中，他人也在为你活，从而达到良性循环，而当你开始为自己活的时候，就无意间伤害了周围所有为你而活的人们。无论你有多忙，都请给亲人多一些关爱。

哑巴

那些本性善良的人，是不会故意去伤害别人的，只有心存猜疑的人，才有可能在无意间把他人置于死地。

拉卡拉是个哑巴，他本名谁也不记得了，因为他只会说“拉卡拉”，大家便把这个当作他的名字。小镇上的居民都十分厌烦他，因为每到深夜他便会“拉卡拉”地乱叫，搞得大伙儿都睡不好。尤其是那些个新搬进小镇的居民，被他吵得无法入睡，却没办法找他吵，不仅因为拉卡拉不会说话，更重要的是他连哑语手势都不会打。镇长说拉卡拉从小就死了父母，是镇上的老人把他拉扯大的，大家一定要见谅啊，这孩子可怜得很。

有一天，突然有传言说拉卡拉疯了，开始打人。起初大家都不相信，因为他本性十分善良，连蚂蚁都不忍踩死，何况是打人。但就在传言开始的当天晚上，大伙儿亲眼看见拉卡拉挥舞着扫帚正在追赶一个才搬进小镇的居民。大伙儿发怒了：“拉卡拉你真是疯了吗？快把扫帚放下来！”拉卡拉不听大家的，一扫把打到其中一人的前额，顿时那人鲜血直流。

就这样，拉卡拉被送到了精神病院，大伙儿把他捆了个结实，拉卡拉喉咙里顿时爆发出阵阵凄惨的叫声，向围观的乡亲们求救。可人们却都像在看马戏团的小丑一样看着他，没有一个人去帮他，并用布条把他的嘴堵上，送上了精神病院的车。没想到拉卡拉一不在，小镇竟然连续发生偷窃事件。终于有一天，小偷落网了，人们这才发现小偷是才住进小镇的居民，也就是拉卡拉“发病”时用棍子追打的其中一人。人们突然明白了，拉卡拉那些奇怪的举动和叫声原来是在提醒大家捉贼。

拉卡拉被当作贵宾般从医院接回小镇，他泪流满面，小镇的居民们看到这情景难过得不得了，在哑巴拉卡拉的心中埋藏着多少痛楚和苦难啊，但他从没寻求过帮助，反而在每个深夜帮大家驱赶小偷，这是多么高尚的情操。

也许有些人做了你看不惯的事，或者你从头到尾就没看惯过这个人，那么，请你换一颗关爱之心去重新打量这人，也许会有新的发现，他所让你看不惯的恰恰是对你爱的表现。

穷人

心灵的富有比无知的富有更让人感到知足，尤其当你为比你更贫困的人奉献自己所有的时候，你的内心会被幸福给塞满。

从老师把学校分配给困难家庭的钱，在全班同学的面前交到瑞克手中时，瑞克清清楚楚地明白了自己家庭很穷。虽然没父亲的他与母亲在一起生活得很幸福，但现实告诉他，他是个穷人。在同学们的注视下，瑞克心里生出一种前所未有的羞辱感，虽然他的成绩永远是班上的第一名，但他感觉到同学对他充满了同情和怜悯，连他的成绩都变成“穷人家的孩子就靠考大学这条出路了”。他恨不得立刻退学。

瑞克把钱交到妈妈手上，说：“我们是穷人吗？社会都在救助我们，妈妈，我们生活得不幸福吗？”

“你说呢？我亲爱的儿子，你说我们幸福吗？”

“我们当然幸福，我们的生活虽然艰苦，买不起其他人家的奢侈品，但我们家天天充满欢声笑语。”

“是这样，我们不是穷人，所以你可以把这笔钱用在需要它的地方。”

瑞克在以后的几天，一个劲儿地琢磨什么才是需要这些钱的地方，买生活用品？买文具？去游乐场玩？还是给自己买双新鞋？这一切都被他自己否决了，因为这些都不是最需要这笔钱的地方，他并不是很需要这笔钱。

“为什么不把它们捐献给非洲的难民呢？”母亲的一句话让瑞克分外激动，在去教堂之前的几天他兴奋得都睡不着觉，这笔钱也许可以让他们度过危机。募捐开始了，母亲用鼓励的眼神看着瑞克把钱投入捐款箱。

回家的路上，瑞克和母亲高唱着歌曲，母亲说：“瑞克，记住今天，今天的我们无比富有。”

别抱怨贫穷，更别把贫穷与不幸联系在一起，这世上太多住在豪华居所里面的人比穷人更不幸，抱怨无处不在。每个人的内在决定了其外在的表现，只有当你内心平和充满温暖时，世界才会没有抱怨。相信只要有爱的地方，就充满幸福。

这就是我

学会关爱自己，哪怕是缺点都值得你去关爱，因为它们是属于你的缺点，只有勇敢地正视它们你才能得到更多关爱。

鹿丹丝十二岁那年，在送信的途中，一辆装载化学原料的卡车突然爆炸，卡车司机当场死亡，而鹿丹丝的身体百分之四十都被灼伤，而且都是三度烫伤，尤其是脸部，完全毁了容。父母带她去了全国最好的医院，进行了非常复杂的长达六小时的皮肤移植手术，手术过后，鹿丹丝的脸部依然恐怖，皮肤紧皱在一起，五官都不是很明显。鹿丹丝把自己关在家中，不，是关在房间中，除了上厕所其他时间（包括吃饭）都在房间进行，她认为所有人，哪怕是自己的父母都一定把她看成“怪物”。

母亲说：“我亲爱的女儿鹿丹丝，你还是你，你没有任何变化，只不过是形象改变罢了，但你还是你！”无论鹿丹丝怎么反抗，母亲硬拉着鹿丹丝一起出门。鹿丹丝已经半年没出过门，她把头低得很低，所有人都在用奇怪的眼神看着她，好像这种模样是她的过错似的。她一度想甩开母亲的手跑回家躲起来，但母亲牢牢抓着她的手，她们来到菜场、超市、洗衣店……所有母亲经常去的地方，到了那里，母亲便会对那些熟人骄傲地说："这是我的女儿！"

母亲对鹿丹丝说："昂起你的头，你就是你！昂起你的头，勇敢去面对这个世界，人们便会看到你美丽的心灵！"鹿丹丝听后很是感动，便努力学会不去计较自己难看的面容，而是把重点放在学习和社交上。她做得很好，没多久，大家便不再把她当怪物，她又恢复了以前的开朗活泼。每每有人问她是否对自己的面容感到害怕或难过时，她会自信地说："无论害怕还是难过，都不用再去多想了，我只知道现在的这个我，就是真正的我，不是过去的我也不是未来的我。"

容貌的改变不算什么，就算所有值得珍视的都改变了也没有什么，只要你没有改变你的心境，那么一切都不会太糟，甚至，会比改变之前更好。

天堂来的信

快乐是一天悲伤也是一天，为什么不愿意把悲伤深锁心底，让自己快乐每一天呢？

那是戈麦先生最痛苦的一年，他的儿子是一名志愿军战士，牺牲在了战场上，尸骨无存，只是在报纸的死亡名单中留下了一行名字。当他看到这名字的时候突然脑部开始缺氧，然后就昏了过去。等他醒来，天已经黑了，他还不能动，就大声呼喊儿子的名字，回答他的只有一片寂静。偌大的房子，只有他一人，从儿子当兵那年开始，戈麦就一个人住这房子。每天都是自己一个人却不觉得孤单，因为他相信儿子肯定会回来。

儿子去世后的一个星期，戈麦变卖了所有的财产，也委托中介公司把房子卖出去，他想自己对这个城市已无所盼，准备回老家安静地度过下半辈子。那一定是个非常漫长、非常漫长的半辈子，每天沉浸在悲伤和哀痛之中。

由于世道不景气，他把房子贱卖了出去，戈麦先生也无所谓得到多少钱。他就要离开这居住了二十年的房子，里面的任何家具都留有妻子和儿子的身影。在清理卧室的时候戈麦发现了一封信，那熟悉的笔迹和气味让他的神经立刻紧绷了起来。戈麦颤巍巍地拆开信封，才看一句“亲爱的爸爸戈麦先生”，就立刻泪流不止。

那是儿子在他母亲去世时写给戈麦的，信上这样写道：“我知道您会撑过去，我永远不会忘记你曾教导我的：不论在哪里，都要勇敢地面对生活。我永远记着你的微笑，像男子汉那样，能够承受一切的微笑。”他把这封信读了一遍又一遍，似乎儿子就在身边，一双炽热的眼睛望着他，亲切地说：你为什么不照你教导我的去做。

戈麦会心地笑了，笑得像个纯真的小孩，这是一封天堂来的信啊。他把信紧紧贴在心口，一再对自己说：我应该把悲痛藏在微笑下面，继续生活，因为事情已经是这样了，我没有能力改变它，但我有能力选择微笑的方式生活下去。

死去的人为活着的人祈祷，活着的人又怎么能不保持一种健康的心态活下去呢？即使生活欺骗了你，命运伤害了你，也不要气馁不要沮丧，而要更坚强更勇敢。

白头

我们无时无刻不在进行着伤害，伤害他人也伤害自己。

她从不认为自己爱过他，哪怕现在他们已经都白了头，她依然认为自己最爱的是丰，而她想他的心中也一定有个别人。她是因为在怀孕时，丰去了国外留学没有办法联系上，所以家人便撮合了她和他。他是她的同桌，也是青梅竹马，但她对他从没有过男女之爱，也从没想过会和他在一起一辈子。

他们俩只有一个女儿，是丰的。她的体质弱，生女儿的时候差点不省人事，所以他为了她便不再要孩子，把女儿当作自己的，养得十分健康和快乐。她无时无刻不在找寻联系丰的方法，这点他是知道的，但他并没有放在心上，只是觉得她小孩般的做法可爱，偶尔才会说上一句："都老太婆了，还怀念年轻时的往事啊。""你管不着，"她总会这么回他，"我的人生多的就是回忆！"她把头发染黑，又白，又染，再白，还是没有联系到丰。

反倒丰的孙子找到了她，对她说："我爷爷即将离开人世，他这辈子就想再见见你。"她潸然泪下，原来丰和自己一般惦记了对方一辈子，就立刻要随丰的孙子走。他第一次阻止她，说："你不要去……"她不听他的，他便叫了女儿来，女儿对母亲和父亲的事情早就了解得一清二楚，她对母亲说："我站在父亲这一方，如果你离开了我们，我们就再也不要见你了！"

她还是随丰的孙子走了，他伤心不已，原来自己用一辈子的爱也不能让她对自己产生丝毫情意，血压顿时急升，身子一个不稳，头重重地栽到地上。她见到了丰，已经不是她记忆中那个充满阳光味道的少年，变成个满脸哀怨的老人。丰拉住她的手，说："我这一辈子最对不起的就是你和他，我想他一定从没对你说过这个秘密，他是那么好的一个人，一定没有说过……"

"你怀孕时，我是知道的，但国外大学的录取通知书已经拿到手的我，绝对不会因为孩子的问题而不出国，影响自己的前途。所以我找到了他，我知道他是喜欢你的……这辈子，这辈子我就记得你，还有他，对不起！"话说到这儿，她已大致清楚了所有的事，心仿佛被刀剜了一下。在为丰办好了后事后，她便匆匆赶到他所在的医院，看到他微弱的呼吸和一头苍白的头发，她缓缓地给他跪下来，然后叫了一声："老公。"不知道他是否能听见，但是他的眼睛却再也没有睁开。

珍惜眼前人，是那么难以做到的事吗？不要为了虚无缥缈的影子，而忽视关爱你一生的爱人。影子虽美，但也只是镜花水月，碰不得，一碰就碎。只有眼前人才是真实地为你存在。

告别

有时候宽容别人是一种幸福的表现，对他对你都是全世界最美丽的经历。

德鲁知道自己来日不多了，他得了一种世界上任何医院都没办法治疗的病——AIDS，这是个令所有人都会羞耻的病，明知道是最严重的病，却没人能够很坦率地把病名告诉别人。德鲁只把病告诉了自己的同性爱人爱德华，他哭着说：“请原谅我得了这样的病，所以你也赶快去检查，你一定要原谅我！”但爱德华并没有原谅他，立刻收拾东西离开了他们共同生活了三年的家，临走还诅咒：“如果我也生病了，那么，变成鬼到了地狱我也会杀了你！”

德鲁给所有能想到的亲朋都写了一封信，说自己要到很远的地方，并立好了遗嘱，然后就只身一人来到医院，安安静静地接受起治疗。虽然说是治疗，但谁都知道那只有万分之一的存活概率，所以德鲁想就这样安静地离开这个喧闹的世界。

在治疗的第三个月，德鲁的头发全部掉光，身上出现了大大小小的淋巴肿包，他现在已经不成人样，瘦得不成人形。就是在这时，他一生最想见的人出现了，那是他的爱人爱德华，他这一辈子唯一生活在一起的男人。“我没想到我们经历了那么多艰难困扰走在一起，却让我得了这种病。”德鲁非常自责自己以前混乱的生活状态，但爱德华高挑眉毛目光炯炯有神地告诉他：“我并没有生你的气，我只是也很害怕。我知道我的血液里也有了病毒，所以我才能坦然地来找你，在我们最后的日子，不要带着伤悲和仇恨离开。”德鲁听着就哭了。

接着，爱德华领着德鲁又回到了家，他们暂时忘记病，过起了真正的快乐幸福的生活，谁都完全付出着爱，全世界就他们两人。德鲁是带着微笑离开人世的，因为在德鲁走之前爱德华告诉他一个幸福的消息，其实他并没有得艾滋病。

在经历重病和生离死别时，才是最考验人间情暖的时刻。关爱你的人，不会担心你是否会变成他的负担，也不去计较从前的许多，现在的他只希望能陪伴你生命最后的时间，分分秒秒。这种完全付出的爱也只有在这时才能体现得淋漓尽致，它给我们的生活带来了缕缕爱的芬芳。

项链

珍惜生命中那些值得珍惜的宝物，让关爱陪伴你一生。

在蒙玛特广场上，突然一个女人大声尖叫，所有人的视线望向了她。只见她双手捂着脖子，两眼睁得非常大，一副惊恐的模样。人们聚在她周围，问，怎么了。她说："我最珍贵的珍珠项链散了。天啊！那可是我最珍贵的，我戴了足足十年啊！"

大家一听就知道这是昂贵的项链，往脚下一看，果然项链上的珍珠散了一地，还有的正被一旁的鸽子悠闲地啄着。女人跪在地上，从提包中拿出一副老花镜开始收集珠子。大家也一起帮忙。折腾了一下午，才收集了百分之八九十。随着夜幕渐渐降临，人们陆续离开了广场，仅有几个青年人还在陪同女人一起寻找。

这时来了一个珠宝商，他听说广场散落了一地珍贵的珍珠，并有几百号人一起帮忙寻找，就想这一定是价值连城的珍珠。他是个爱珠宝的人，所以对所有的宝物都想过目一下。这珠宝商捡到了最后一颗珍珠，突然愣住了，他手中的分明不是什么珍宝，不过是三四元的地摊货。他看向女人，怎么也不像贫穷到需要用地摊货来装扮自己的地步，就把珠子随手扔了。而女人立刻把它捡起来，和所有珠子一起放在袋子中，说："谢天谢地，终于没有遗失任何一颗。"

看女人把这些假珍珠看得如此贵重，珠宝商人问："女士，您知道这些是只值三四元一颗的假珠子吗？"

"当然知道。"

"那你为什么如此珍惜？"

女人对珠宝商温柔地笑了一笑，说："这项链是我女儿十年前送给我的，那天我生日，没想到第二天她就出了车祸，所以这项链是我女儿的遗物。而上面的每一颗珠子都是她的一部分，也是我的一部分，所以我从没把它从脖子上取下过，我和女儿永远在一起。"

最珍贵的宝物一定是用爱制作而成的，而每一个人，都在为自己所爱的人，奉献着所有的美好，哪怕只是廉价的珠子也是生命中不可替代的宝贝，它们是无价的，因为它们印上了关爱的烙印。

宝贝

有些爱，我们只有在失去后才想去追回，却太晚了，所以请珍惜所有爱你的、陪伴着你走在成长路上的亲朋们。

如果有后悔药卖的话，迈东一定愿意用他所有的财产买回母亲的那句“路上小心，我最亲的宝贝”。因为这句话，就是这句话，让迈东的一生都生活在深深的悲痛之中。

迈东小时候家里很穷，家中除了一台电视机就没有其他像样的电器了，他的父亲是个回收废品的，母亲在小区打扫卫生。那时的迈东并没有觉得自己不幸福，相反，他觉得父母用了最多的爱在自己身上。每天早晨母亲都会送迈东走很远到车站，在他上车前会在他额头上给一个甜美的吻，并说：“路上小心，我最亲的宝贝！”迈东也最爱自己的家，他身边的朋友都在抱怨父母如何不关心他们时，只有迈东一个人保持沉默不参与讨论，他知道父母已经把所能提供的都给了他，他很满足和幸福。

然而有一天，迈东的一个同学在班上大肆宣扬迈东的妈妈在他住的小区打扫卫生的事，接着就有同学附和说看过迈东父亲拾破烂的情景。迈东立刻成为大家的笑柄，他羞得满脸通红，眼泪眼看着就要掉下来。那天回到家，他一句话都不说，也不吃饭，只把自己反锁在房间里。第一次，他为自己出生在这样的家庭而感到羞耻和难过。

第二天，母亲依然送迈东去上学，迈东躲躲闪闪不让母亲的手接触到自己的身体，他怕如果同学看到就会嘲笑自己。在车站时，迈东一个劲儿地催促母亲赶紧回家，他自己一个人等车就好。母亲感觉到了什么，也不多问迈东，只是说："路上小心，我最亲的宝贝！"迈东立刻大声回复："以后你都不用来送我了，也不要再对我说'宝贝'！我已经长大了！"母亲久久凝视着他，眼中慢慢溢出眼泪，迈东从没见过母亲哭泣的模样，心慌得不得了，却听母亲说："是啊，你已经长大了，我以后不会再送你，也不会再喊你宝贝了，希望这样你会开心一些。"

那一整天，迈东心情起伏不定，神经紧绷，感觉就要发生什么事，一放学他便赶紧回家。到了家，看到父亲和其他很少见面的亲戚都沉浸在一种压抑的气氛中，原来母亲在送迈东上学回家的路上，被一辆飞驰的机动车撞倒，从此再也不曾醒过来，成了植物人。

看着再也不会叫自己宝贝的母亲安静地躺在病床上，迈东脸上浮现出一种奇怪的表情，其中包含了哀伤和愤怒，他愤怒自己因为自私而忽略了母亲的感受。年老的迈东挂在嘴边的总是这么一句话："我愿付出任何代价，来换回母亲一句'路上小心，我最亲的宝贝'……"

一句简单的问候只是因为外在的因素而被否定了，作为亲人的负担的我们，曾为了回馈他们对我们的关爱而想过付出什么吗？自认为的付出就真的能回馈他们吗？珍惜最亲的人，不要为了他人的目光而否定那些爱着自己的人，他们才是最重要的，不是吗？

竞争对手

不要忽略别人对你的关爱，产生幼稚的想法，做出愚蠢的行为。

明克参加了全国最具冒险精神的挑战自我节目，为期半年的时间他和对手们经历了千辛万苦的比赛和选拔，最后敲定明克和罗杰斯德为最终挑战对手。他们要经过沙漠，每人限带两瓶水，会有飞机跟踪，如谁先到达目的地谁就获胜，或者谁先放弃比赛另一方就获胜。获胜选手的未来将会星光无限，不仅将得到巨额奖金，还将有机会演电视成为明星，这一切都是明克从小便向往和追求的，他对自己的要求很高，不得冠军就永远放弃明星梦。

但，明克的对手罗杰斯德很强，在身高方面就比明克高出一个头，身强体壮，明克想取胜，唯一的办法就是敏捷和快速。可是他却因为活动太剧烈，第二天就把两瓶水喝光了，却依然不见终点的踪影。在又渴又饿的境况下，明克几乎要放弃比赛。就在这时，他看见了罗杰斯德，罗杰斯德的情况比他好多了，背包两边还插着两瓶水。明克见到水十分激动，可是他知道如果向罗杰斯德讨水，他必然提出苛刻条件，与其那样还不如明克自行退出比赛。

又翻过一道沙丘，明克实在撑不住了，他静静等待罗杰斯德的出现。这时的明克并没有发现跟踪他们的飞机的身影，恰巧罗杰斯德举着水一边喝一边走了过来。明克发现罗杰斯德背包旁边的另一瓶水已经没有了，他猛地冲上前把罗杰斯德的水从他口中夺下，然后放肆地跑……

第三天，明克依然没有到达终点，但罗杰斯德放弃比赛的消息已经传到他的耳中，他获胜了！带着愉悦的心情明克来到机舱，由机长用DV播放出一段录像给他看，原来在明克第一次经过罗杰斯德身边的时候，罗杰斯德便放了一瓶水到他的背包中。明克瞪大了眼睛，赶忙打开背包，一看，果然是那瓶水，顿时羞愧不已。

在自己的生命旅途中，也许会因为一些恶劣的因素而去陷害他人，或者骑在他人的头上往上爬。殊不知，当你这么做的时候，已经把其他人对你的好抛到了一边，你不再爱他人，也不再有人爱你。到最后，也许你胜利地站在了理想的目的地，但放眼周围，一片荒漠，你只是孤单地前行，没有人愿意做你的伙伴。

男朋友

在爱情的世界，每个人都无比伟大，有失必有得，不必为失去的而苦恼，总会有一个人适合你。

这是个天大的秘密，如果泄露出去，对于Lily周来说可能会是毁灭性的灾难。在十六岁情窦初开的年纪，Lily周喜欢上了好朋友Suger的男朋友，那是一个外表并不突出可是待人特别温柔的男生。Lily周认识他的时候还没有Suger，他们住在同一个街道，班级相邻，从小学就如此，直到高中才成为同班同学。他从不认识她，她也只是默默地看着他，心中便觉得无比温暖。

Lily周是个外向的女孩，只是对于爱情这件事转了性，而Suger是个彻头彻尾内向的女生，当Lily周与她在一起，仿佛她的守护神一般保护她。所以Suger和Lily周是最好的朋友，她们只看见对方最美的一面。而当Suger对Lily周说她结交了男朋友的事时，Lily周如同被当头一棒，心中万分不是滋味，却依然得挤出笑容祝贺Suger。

祝贺可不是假的祝贺，Lily周真的为他们的结合做了许多工作，又是搞庆祝Party，又是帮他们互传情书，把这些当作自己的事情般忙得不亦乐乎。而每到夜晚一个人的时候，Lily周会坐在屋顶的天台上掉眼泪，她把自己的心事告诉了母亲，母亲抚摸她的头温柔地说：“有失必有得，现在你有了两个你非常爱的朋友，不是很好吗？”

对于Suger和他，Lily周谁也不愿舍弃，所以她放弃了对他的爱慕，全心全意做好一个好朋友的本分，任Suger或他看到Lily周，都表示有这样一个朋友真好。而他也渐渐注意到Lily周的美丽和可爱，突然有一天他把Lily周约出来，告诉她其实自己更喜欢她，请她做自己的女朋友。Lily周听后愣住，然后断然拒绝了他。Lily周并没有把这件事告诉Suger，她不想看到好朋友伤心的模样，但从这事之后她与他的关系疏远了，她看清楚了他的真面目。

Suger于二十二岁那年与他结婚，Lily周一直单身到三十岁，她觉得身边的男人都不能让她找到爱他时的感觉。Suger三十四岁那年死于心脏病，Lily周是葬礼上哭得最凶的，她一生唯一的好朋友年纪轻轻就离开人世，这是她怎么也想不到的事。又过了一年，他给Lily周电话，希望能和她在一起。Lily周听得心跳不止，却在接到电话的第二天就登报征婚，一个月之后就把自己嫁了出去。

在Lily周五十岁那年，她给他打了个电话，他接后她一句话也没有说，只是在电话这头轻轻地哭，为那一生仅有的一次爱情而哭，也为她结交了两个一生最好的朋友而哭。最美的岁月，就是三个人一起度过的那段时光，再也回不来。

每个人都有属于自己的那一段最美的时光想去好好守护，它是无价之宝，用一生为代价也换不回那段时光中的分分秒秒。为了自己所宝贵的，无论如何去做，该怎么做都是由自己去决定，这个决定没有理论上的对错，只要你认为是对的，那么就去做吧，守护这段属于你的最美时光。

小偷

世界上最宽阔的是海洋，比海洋宽阔的是天空，比天空更宽阔的是人的胸怀，只有宽阔胸怀的人才能教会别人，什么是温暖。

一天晚上，有个小偷潜入了凯利夫人的家，因为她一人居住，所以家中并无贵重的物品，小偷就把凯利夫人家的电视机抱走了。开门时，正遇见散步回来的凯利夫人。凯利夫人看到小偷并没有惊慌，她看见小偷年纪很小，最多不超过十六岁，瘦骨伶仃，衣服上面有两三处补丁，但很干净。她和颜悦色地对惊愕的小偷说：“你等等先别走，我去帮你拿些衣服，放心我不会报警的。”说完，她从房子中找了些她孙子的衣服包在一个袋子中，还加了些食物和糖果在里面，递给小偷，并说：“这些，和电视一起送给你。”小偷抱着电视机而去。凯利夫人目送小偷缓慢地下楼，感慨地说：“但愿我送他的衣物能让他更温暖。”

第二天清早，凯利夫人出门锻炼时，看到电视机摆放在她的门前，并附着张小纸条：您给我的衣服我穿了很温暖。那字写得非常潇洒和漂亮，不像一般小男孩那样写得歪歪扭扭。

后来，男孩经常来凯利夫人这里忙这忙那，并和凯利夫人一家人成了朋友。再后来，凯利夫人了解到这个男孩的情况，他的父亲死得早，母亲在去年也中风不能工作，他应聘工作都被拒之门外，就因为他年龄小，所以才当起了小偷，而凯利夫人家是他第一个偷窃对象。凯利夫人帮男孩付了学费，并且给他找了份钟点工的工作，就是在自己家打扫卫生。如果没有遇见凯利夫人，男孩的一生就不会充满如此多如此多的温暖。

当你放手一件事时，就会得到另一件事，这是不变的规律。只有人人都相信世界美好，我们的社会才会日趋完美。而如果只是简单地抱怨或牢骚，所有的一切，只会在你的抱怨和牢骚中走向坏的境地。

可惜不是你

在美丽的人生中，总有一个属于你的幸福。

唐糖从来都认为自己的爱情生活就和糖一样甜蜜，有个不是很帅却很贴心的男友，受到大家祝福的爱情，两个人都在写字楼上班，光鲜华丽的一对。却不想，在她提出结婚的第二天，他就远远地离开了这个城市，无论她怎样寻找，他都杳无音讯。她辞去了工作，踏上寻找他的路程。朋友都劝她，说她太傻，她什么也不想听，只觉得没有他全世界都毁灭了。

经历了这件事，二十二岁的唐糖心突然就苍老到了八十岁。她每到一个城市就在那个城市所有的报纸上登寻人广告，如此两年间她登了数百条广告，他依然没出现。另一个男人却出现了。那是一个高大帅气的男人，在唐糖已经失去了寻找的勇气回到家乡的那年出现在她身边，他说：“我收集了所有你的广告，也追随你去了每一个城市，我想，我一定是上辈子就认识了你，如果你愿意请嫁给我，我会一直陪伴在你身边。”之后，唐糖给自己的博客取名叫“幸福”，博客的引语是：可惜不是你，陪我到最后；感谢那是你，让我寻到幸福。

爱的国度里没有谁对谁错，只有自我保护。在追求一份虚无缥缈的幸福的同时，也请时不时停下脚步，留意你身边那些个擦肩而过的幸福，也许被你忽略的才是真正属于你的，等候了你五百年的归属。

善良

记着那些爱过你的人们，他们无条件地为你，唯一的希望就是看你走上幸福之路，所以不要辜负他们，努力做个最好的你！

谁也不曾想到这个拥有数百家大百货公司的老总，会在一次大学生座谈会上流下伤心的眼泪，更不会想到他有这么一段关于“善良”的往事……

詹姆士十岁那年，父亲乘坐的飞机失事，母亲听闻消息后立刻中风，永远地偏瘫在了床上。詹姆士突然觉得天崩地裂，年幼的他除了要照顾年仅六岁的妹妹，更要立刻成长起来做一个能支撑这个家庭的男人。然后，他瞬间被善良所包围，并一直陪伴他走过那段艰苦岁月。

一个美丽的女孩，也是詹姆士的同桌，她总是偷偷地把好东西塞给詹姆士，人却羞涩地跑掉。许多人问她，为什么给詹姆士那么多帮助，温婉而内秀的她总是抿嘴一笑：“除了善良，我一无所有。”一位像母亲一样把詹姆士照料得无微不至的邻居大婶，虽然生活清贫，甚至不如意，但就是她，在詹姆士最无依无靠的时候，用力拉了他一把，让他不至于挨饿受冻。还有那些不是兄弟姐妹却胜似兄弟姐妹的好同学，在詹姆士特别失意想辍学，甚至想退缩放弃人生的时候，从背后猛推了他一把，然后当头给了他一拳，打醒了他昏沉的头脑，于是詹姆士又振作起来，精神饱满地上路了。

“那几年，无论我走到哪里都把妹妹带在身边，她有许多可爱可敬的大哥哥大姐姐，他们接纳她，拥抱她，呵护她，比我付出的更多。”詹姆士在啜泣中结束了他的谈话，学生们听后无一不感到心痛和震惊，并伸出双手给他热烈的掌声。在每一个成功的人的背后，藏有多少悲伤的往事？拥有多少善良的心？

这个世上并不如小说或者社会评论家说的那样冷酷和残忍，我为人人，人人为我的思想在现在的社会已经开花结果，上电车给老弱者让座、把自己多余的衣物捐献给贫困地区人们——大家都在做着力所能及的事，但就是这些个“小事”让整个世界美好起来。

糖葫芦

真正的幸福不需要豪华的别墅，不需要昂贵的钻石，只要人人心中充满爱，就算糖葫芦也能给人满足。

华仔对我说过一个故事，关于糖葫芦的。

那年，因为妻子生产花掉了他们夫妻所有的积蓄。在出院的那天，经过一个糖葫芦摊子的时候，妻子默默吞了吞口水，听到他说："想不想吃？"她赶忙摇头，因为她知道他交完住院费后，身上已没什么钱了。但他还是顽皮地一笑，说："那我想吃，你等等我马上回来。"说着他就跑向糖葫芦摊，她的目光追着他矫健的身影，脸红了，天啊，他怎么好意思向人家乞讨！再睁开眼，他笑盈盈举着一串糖葫芦朝她跑来。"看，我就想老板一定是个好人，我用一块五换了两块五的糖葫芦，本来我准备买一半的，他却给了我一串，真是好人啊！你快点吃吧！"她说："我们一人一半啊，你不是想吃吗？""那是我对你闹着玩的，我一个大男人怎么会喜欢吃这女人爱吃的玩意儿！”

她的眼中一下就充满了泪水，她是知道他的，他从小就最喜欢吃糖葫芦，如今是为了她才舍不得吃。她咬了一小口山楂，然后捂着嘴说：“一点都不甜啊，好酸，难怪白送你半串。”他的脸一下就阴了，赶忙在她吃的那块山楂上又咬了一口，说：“不酸啊，我吃得很甜……”话还没说完，他突然反应过来，两个人大笑不止。

这个故事的主角就是华仔的父母，他说他的父亲对他讲这个故事时，总是忽略掉他用一块五买一整串糖葫芦的情节，却一再重申母亲骗他吃糖葫芦的细节；母亲总是强调父亲用一块五买糖葫芦的细节，却不说她骗父亲吃糖葫芦的情节。

不要相信钱是万能的，至少，爱情是拿钱买不来的，情侣们所带给我们的甜美是买不来的。也许贫穷带给我们的是“酸”，但是我们带给他人的却是“甜”，这就是爱情的力量。

第三辑

在梦想的天空翱翔

无论是少年时期的你，还是中年或者老年，是否都曾一度有过梦想，而这些梦想是否又因为种种原因而从生命的轨迹中消逝得无影无踪？你是否遗憾过呢？请关爱你的梦想。

歌唱和钢琴

努力去发掘自己的天赋，不要放过任何尝试的机会！

他是一个出色的钢琴演奏者，许多客人来酒吧就是为了听他那美妙的琴声。某天，一位重要的客人却突发奇想，他要听小伙子的歌声，而不是他的琴声。小伙子非常为难，他不能接受这个要求，因为他从没在酒吧唱过歌。

酒吧老板将小伙子拉到一边，耐心地劝说："小伙子，这位客人是我们酒吧的老主顾，也是一个乐善好施的好人。在酒吧最困难的时候，是他慷慨地援助了我们。如果你能满足他的愿望，不仅是帮助了酒吧，而且我相信，他也绝不会亏待你的。你为什么不能尝试一下呢？"

小伙子开始唱了，他的嗓音轻柔饱满，浪漫典雅，充溢着一股令人难以抗拒的魅力。客人们听得如醉如痴，直到他演唱完毕，人们还沉醉在其中，过了好一会儿，才回过神来，对他报以最热烈的掌声。

由此小伙子的歌声和他的钢琴一样受人喜爱，他成为这个城市最出色的酒吧歌手。

爱自己，就要欣赏自己，相信自己是个超人，无论什么事你都能出色地完成。那么，上帝都会站在你一边，让你快速进步，为更多的人服务。

两个毕业生

有些人把梦想变成了现实，有些人把梦想带进了坟墓。

朱文和何从高中便是同班同学，一直到大学，他们因为有着一样的兴趣和爱好，所以才成为最好的哥们儿。他们曾一起列过一张清单，关于他们毕业后一定要去的地方和要完成的计划。那张清单上有去香港的中环乘坐全球最长的手扶电梯，去埃及参观狮身人面像，还有去悉尼大剧院听一场伟大的音乐会等，共十条他们自觉伟大的梦想。

毕业那年，他们和所有毕业生一样不断地参加招聘会和去大公司面试，朱文投了七八份简历都杳无音信，何从也好不到哪儿去。朱文说："我想去实现我们的梦想！"而何从认为此时是单位招聘高峰期，所以不如等找到工作再去旅行。当年，朱文就去了香港，乘坐了那条《重庆森林》中王菲窥视梁朝伟所乘的手扶电梯，还去了兰桂坊，他怎么也没想到它竟然如此小，也不若电影中那样散发出颓废气息。接下来的三年，朱文环游全球后回来，约见了何从，何从现在已经是一个标准的上班族，白衬衫打领带，朱文高兴地拍着他的肩膀说：“小子，过得不错啊！你也实现了梦想吧。”何从没有答话，他并没有像自己所承诺的那样，找到工作就去旅行，事实是他找到了工作便失去了去完成梦想的时间。

有多少人像何从一样，努力地成长、兢兢业业地工作，一辈子忙忙碌碌却不是在为自己活？又有多少人把梦想带进了坟墓呢？珍惜现在！这不是一句口号，一生中哪怕只有一次，也要好好地为自己活一次，这样人生才会圆满。

放弃

谁都知道要成功就得努力，但又有谁真正做到了呢？你努力了就会抛开一切杂念，把手头的事情做到尽善尽美。

哈里终于离家出走，一个囤积在他内心多年的想法终于付诸行动，他给自己订了目标，一定要找到动画大师汤姆，要他收自己为徒，迈出成为动画大师的第一步。哈里家境贫苦，加上还有一个哥哥在读大学，根本没钱让哈里去学动画，只有送他去工厂当个工人。哈里觉得世界对他太不公平了，于是他选择了离家出走，他想汤姆一定能了解他，并将他带到一条光明大道上。哈里想自己改变人生的命运，如果他见不到汤姆，与其痛苦地活着不如早早结束生命。

在找汤姆的路上，哈里吃了不少苦，被人骗，沿街乞讨，还偷过两次钱包，抢过一个女人的金项链和手机。幸运的是，经历了这么多事，他终于见到了汤姆，汤姆听了他的事情，很是感动，带他到家里洗了个澡，还给他买了些新衣服，吃顿好饭，然后对他说：

“你赶快回家吧，你的父母一定因为你的离开对生活绝望了。”哈里摇头道：“我千辛万苦见到您就是为了请您收我为徒，我毕生的心愿就是做一名同您一样伟大的动画大师。如果您不答应我，我想我会去自杀。”汤姆听后笑了笑，开始说他的故事。

汤姆从小并不想学动画，他的心愿是做一名歌手，但他的父亲给他报了动画专业，并告诫他放弃那些虚无缥缈的梦想，做一名脚踏实地的人。他曾郁闷和悲伤过好久，后来他端正了态度，好好学习动画，并做到最好，就有了现在的成就。“如果你不去尝试，只是一味放弃现有的生活，那如何知道它是否适合你呢？如果你真的觉得现有的工作和生活不适合你时，欢迎你随时来找我。”一席话让哈里猛然惊醒。

匆匆告别了汤姆，哈里回了家，接受了工厂的工作。没过两年，哈里凭借优秀纯熟的技术和勤奋的工作态度被提拔为外销经理，又过了两年他成了这家工厂的董事。虽然他现在做的离他成为动画大师的梦想越来越远，但他非常满意，现在的生活是最适合他的，至少他是这么认为的，这就够了。

每个年轻人都有着自己的理想，也都为自己那伟大的理想激动过。但随着年龄的增长和社会阅历的增加，那些理想渐渐都成了年轻时不切实际的渴望，甚至会嘲笑那时的自己。但当你走到人生的尽头，再回想自己的一生，也许最初的梦想正是你一生最大的支柱。

放弃

为守护别人的梦想而放弃自己梦想的人，未必就是悲惨的，真正的付出者是幸福的。

他们是为了共同的理想而走到一起来的，她喜欢写作，他喜欢油画，谈起艺术来两人都两眼放光，艺术是他们生命中最崇高的追求。因为他们都是梦想主义者，所以双方的父母都不赞同他们的婚姻，但他们不顾父母的反对，在外面租了间房子，偷偷去领了结婚证。

婚后的生活并不如意，双方都没有经济来源，只一味地花着银行仅有的存款，过了一个月浪漫的文艺夫妻生活后就没钱支付房费了。他们开始考虑出售自己的作品，于是她给几家杂志社投了些中短篇小说，但都被退回，理由是节奏不紧凑，个人风格太强，望多看样稿学习他人写作方式。他的油画也没人愿意花钱购买。他们抱怨这社会越来越少人懂得欣赏艺术，艺术怎么能用条条框框给圈死呢？难道现在的人们需要的是千篇一律的艺术，不需要个人风格了吗？

抱怨归抱怨，生活还得继续。有天她突然对他说同学帮她介绍了份工作，并说没想到写作这么累，所以想去工作而放弃写作。他要她想清楚，她说她已经想清楚了，第二天她早早就离开了家。在他默默为她工作顺利而祈祷时，她正拿着张报纸看上面的招聘广告，并没有工作等着她。她想与其两个人为了梦想饿死家中，不如一人先放弃成全另一人。于是，她退出了，找到一份文秘的工作，从早忙到晚，还要提防老板的骚扰。所幸，工资还不算少，够他们生活之外，还能给他买些昂贵的纸笔和颜料。

在他终于有能力举办画展那天，她把所有的故事都讲给了他听，当说到为了成全他而放弃她的梦想时，两个人都泪眼汪汪。她说：“我就知道你一定会有今天的成就，所以我为我这个正确的决定感到高兴。”

不要说为他人付出的人是傻瓜，如果你这么说，我只能笑着回应你，你才是傻瓜。所谓的付出，只有心存关爱之心的人才能做到。也许在付出之前他们会经历许多思想的煎熬，但当他们正式开始付出的时候，也是他们决定以另一种方式获得美好生活的时候。

辞职

理想一直伴随在你的身边，只是你没有发现而已。

年轻人鲁斯被一个问题困扰着，这个问题说大也大，说不大也确实不大，无外乎工作和理想之间的矛盾。鲁斯在一个非常体面的单位工作，处在不可或缺的职位，一天他突然发现自己的生活充斥着枯燥和乏味，所有的理想和憧憬都早被丢到了脑后。成天都沉浸在工作中的他，对这样的自己感到无奈和伤心，两点一线的生活是他年轻时的追求吗？答案是：不是。

在再三想清楚后，他递交了一封辞职信，第二周就办妥了辞职手续，之后他报了一个雅思英语辅导班，一门心思想着年少时出国去的梦想，在有生之年定要环游全世界，在法国喝咖啡、英国坐游船、澳大利亚游泳……决定去读书，鲁斯下了很大的决心。因为自己的这份工作，离开就再也没机会回来了，而且现实一点来说，如果没有了工作收入，去读书也实在是负担非常重的事情。但是他依然很快乐，他正在做一件对他自己来说最有意义的事情，一辈子最大的梦想，这就足够了。

生活中的很多事情，其实只是你如何看待的问题，有时天大的事情也不过是过眼烟云，不必烦恼，一切随心就好。

梦想之路

年轻时的我们都向往着远行，为寻找梦想之路，有人找到了有人没找到，重要的是在年轻时游历过一番。

莱恩在十八岁的时候，给自己订了个目标，背上行囊像所有伟大的人一样，踏上寻找自己梦想之路的旅途。才出发没两天他就被困在了山里，山里的夜来得比平原早，而莱恩的前方有三条岔路，他正不知怎么办才好时，出现了一个衣着朴素的中年人，他急忙上前问路。中年人上上下下把莱恩打量了一番，问："你要去哪里呢？""我在寻找一条梦想之路。"听了这句话，男人很认真地对莱恩说："上帝会指引你的。"然后就什么也不说自顾自走下山，莱恩并没有跟上去，他认为这个男人在嘲笑他的梦想，于是赌气随便选择一条路走了下去。

莱恩用了三年时间徒步走遍了半个英国，他去淘金挖石油做矿工，尝尽人间甘苦，但他仍然执着地寻找着自己的梦想之路。然而，突然有一天他把寻找梦想之路的想法抛在脑后，回了家，结婚生子，像父辈一样平凡而幸福地生活。有时，他想起十八岁那年的自己，走在一条寻找梦想的路上时，就不由得感动。他的心中也经常回忆起那个陌生男人所说的“上帝会指引你”，是的，上帝指引你经历许多艰难而又美好的日子，你就已经走在了梦想之路上。

我们从数亿个精子中脱颖而出的那一刻，上帝就给我们安排了一条蜿蜒曲折而又美好的梦想之路，我们最终会走到路的终点，只希望在那个时候我们不会因为其他条路上的花开得鲜艳而泪流不止。我们的路由我们经营，把握好生命的每时每刻，我们走的这条路一定比其他的路更美好。

市长的儿子

对于别人的梦想，你可以不去特别祝福，但也不要恶意中伤，因为在梦想的道路上，每个人都走得很辛苦。

约翰大学毕业后没有随学校推荐，而是自己找了一家自己中意的单位——杂志社去实习，同学们都笑他明明是市长的儿子，却不晓得利用关系找一份工资高又轻松的工作，反而去做低工资的杂志编辑。约翰只是笑不多说什么，他知道这是他所向往的工作，虽然家人都不同意，但他想趁年轻完成自己做本杂志的心愿。

因为是刚创刊的杂志，所以什么都得从头来，一切都很辛苦。而除了约翰，其他都是有至少一年以上编辑经验的编辑，所以大家就把约翰当作打杂的，从跑市场到拆信件、给读者回复等琐碎的事情全部交给他做。约翰开始很不满意从事这些和想象大相径庭的工作，但渐渐地他想通了，现在是为梦想工作，所以每一天都要保持快乐之心。看他老实，大家就越发“欺负”他，甚至有编辑还在背地里嘲笑当今大学生就业困难，为了找寻一份稳定的工作分外努力什么什么的。

干了三个月，约翰终于第一次拿到工资，他拿着微薄的薪水正在高兴时，那个嘲笑他的编辑在他背后讪讪地说："不是把薪水多看出了个"0"吧，怎么高兴成这样？想当年我第一笔钱就比你现在多出一倍！钱越来越值钱啊！"别的同事都哈哈哈大笑起来，约翰听后憋屈得满脸通红。之后，他更加勤奋地做自己的工作，认识了一帮写手朋友，在半年多的实习中他认为自己得到了很多，很满足。

之后，他考取了公务员，在官场上如鱼得水，他文字方面的能力很突出，很快进入宣传部做了领导，他很高兴自己又一次做了自己梦想的工作。富有戏剧性的是，在他上位的第二个月，以前经常嘲笑他的那位编辑带着重礼来找他，希望他帮忙把儿子搞进宣传部。约翰谢绝了编辑的礼品，说只要他儿子优秀有能力，他可以无偿帮助他。这位编辑感动得又是弯腰又是不停道谢。

父亲问他："那个编辑如此对你冷嘲热讽，为什么你不让他难堪一回？"约翰说："我何尝不想，但我也想到他的讥讽更刺激了我努力学习和工作的欲望，以致能有今天的成绩，他的嘲笑并没有给我带来毁灭性的打击，却变成一帖激人奋进的良药。所以，不管那位编辑是真的看不起我，还是假的看不起我，我都把当时的事情看成善意的刺激，没有那次尊严上的受伤，也就没有今天的我啊！并且，如果他儿子的文字能力出众，为单位找到一个好员工也是我分内的事啊。"父亲笑道："约翰，你现在是个男人了！"

走自己的路，让别人说去吧。这句话被人们说得都快听得厌烦的今天，却发现越来越少的人能像这句话说的那么做了。相信自己，你是最棒的；相信自己，世界掌握在你的手中；相信自己，自己的路是最好的，那么你就成功了，没有人可以嘲笑你的梦想之路！

翅膀

不要为你现在所处的恶劣环境而烦恼，你应激励自己更努力，长出翅膀，飞向梦想的地方。

她长得非常漂亮，在她家乡，她是最美丽的女孩，她也知道自己好看，尤其在同村的女孩因为她的长相而欺负她的时候，她便觉得委屈，委屈自己生在一个贫穷的地方。她经常在学校的图书馆看书，一看就是一天，看累了休息时，她便会看窗外飘浮的白云和飞过的鸟。她叹气：“如果我有翅膀，我一定要飞离这里。”

妈妈是知道她的想法的，一天，妈妈拉着她来到山顶，告诉她：“如果你想飞，就一定能飞得起来！”说着，妈妈面对着风张开双臂，做出滑稽的姿势上下摆动着胳膊，过后，她说：“不行，我老了，所以飞不起来了，你只要勤加练习，一定能飞起来。”她牢牢记住妈妈的话，刻苦学习考上了大学，然后被模特公司看中，成了一名优秀的电视模特。她拍了一部很美丽的MV，上面她也像妈妈一样迎着风伸展着双臂，下面有一行字：只要你想飞，就有翅膀。

飞吧，在最有动力的时候，无论如何都要张开翅膀在蔚蓝的天空飞翔一次，如果错过了这个时机，可能一辈子都没有飞的可能了。把握现在，你一定飞得起来！

天赋

天赋是廉价的，如果你的天赋和其他人的特长没什么不同的时候，你就没有天赋了。

罗兰是音乐老师最最喜欢的学生，她的高音区很辽阔，声线有着独特的味道，浑厚中略带点沙哑，老师曾对他在音乐界已经打拼出一番天地的好朋友力推罗兰，说她是他这辈子听过的最完美的声音。罗兰受老师宠爱被别的学生看在眼里十分嫉妒，罗兰也对此沾沾自喜，她渐渐地习惯同学们对她的赞扬，尤其是对她声线方面的赞扬。于是她经常练习一些朗朗上口的流行歌曲，唱给同学听，同学听到她把一首普通的歌曲唱得这么有味道，无一不拍手叫好，她就更兴奋地学一些市场上的流行音乐。

一天，罗兰正在小花园唱一首情情爱爱的流行音乐，老师刚好经过，从头到尾听完后出现在罗兰和同学们的面前，微笑着对罗兰说："你唱得很好，但是，从今天开始你不再是我的学生！"老师不承认学生，这对音乐系的学生来说无疑是五雷轰顶的事情。罗兰不清楚老师为何这样说，其他的学生带着嘲讽的语气窃窃私语。

晚上，罗兰来到老师的宿舍，很诚恳地要老师指出她的错误，她说：“无论是什么，只要您说出来我都会改正！”老师摸摸她的头，说：“你知道你有着被天使吻过的声音，但你却用这声音去唱一些靡靡之音。当我看到你把心思花费在这些流行音乐上时，我很心痛你浪费了你的嗓子。”听到这儿，罗兰恍然大悟老师的用心良苦，只听老师继续说：“你要记住，天赋是廉价的，如果你的天赋和其他人的特长没什么不同的时候，你就没有天赋了。”

当你在为你有着某方面天赋而沾沾自喜的时候，是否把天赋运用到了正确的地方？许多人，就像我们身边的那些个大人一样，被假想的敌人击败，放弃了原本属于自己的天赋，却去追求一种可以立刻被大家所接受的能力。这不能不说是一件可惜的事，但可惜归可惜，如果是你自己的选择，就一定要想到，世上没有后悔药，努力地做好现在的自己。

纽约梦

关爱别人的梦想不是简单地给他物质享受就可以，那只是短暂的幸福，而只有自己打拼出来的天下才是最完整的梦想。

经过了十几个小时的飞行，斯蒂芬特终于踏在了纽约的土地上，这里是他梦想的地方，而且姐姐鲁思在这儿已经打拼了两年，有个不错的工作和高额收入，所以大学一毕业，斯蒂芬特就迫不及待地来到了这块梦乐园。

谁知道鲁思竟然说有事不能来接他，他在陌生的城市摸索到了晚上才找到姐姐的家，而姐姐竟然没有领他进屋，而是说："我帮你找了一处地下室住，环境挺不错，押金和第一月的房租我已经帮你付了，但是下个月得你自己付了。"看斯蒂芬特一脸困惑不解的模样，鲁思又说，"我刚来的时候也住在那里，很多从外地来这儿寻梦的年轻人都曾住过地下室。"

那是一个阴冷又潮湿的地下室，狭小的窗户透过一点月光，看到墙上的霉菌，斯蒂芬特突然就哭了起来，给父母打电话哽咽地说了自己的情况。父母一听心疼得要命，赶紧和鲁思联系，鲁思说："情况没有斯蒂芬特说的那么糟糕，你们不用担心。"第二天，鲁思给斯蒂芬特买了几份报纸，说："你就在这几份报纸上看招聘信息，每天都有，你可以每天买。""你不是帮我找好了工作吗？"斯蒂芬特仿佛不认识现在的姐姐了，眼前这个厉害的女人正叉着腰对他说："我找的工作你不一定喜欢也不一定适合，所以你要自己寻找属于你的工作。"

像斯蒂芬特这样大学才毕业就涌进纽约的年轻人真是多如牛毛，在人才市场，斯蒂芬特立刻陷入了人海之中。苦苦熬了半个月才找到一个在酒店客房部当服务员的工作，简单地说，就是给客房打扫卫生的清洁工。这是一般没文化的人都做得了的工作，但父母给斯蒂芬特的钱他差不多都快用完了，所以得立刻找到一个工作来养活自己。鲁思祝贺他说："男孩子就是容易找工作，想我来纽约用了两个月才找到工作。"斯蒂芬特不知道姐姐为什么对自己这么残忍，难道她是如此无视自己的梦想吗？

一股怨气堵在了斯蒂芬特的心中，他利用各种机会表现自己的能力和才华，他想他一定要找到比姐姐更好的工作赚更多的钱。一天，酒店的董事长扮作一个普通顾客住进了酒店视察酒店的管理，正住在斯蒂芬特负责的楼层中。他发现斯蒂芬特打扫的房间连边边角角都分外干净，十分惊喜，就约见了斯蒂芬特，发现他不仅仪表堂堂，而且还是个大学生，就立刻提拔他为客房部经理。一年后，斯蒂芬特凭着出色的管理能力成为酒店的副总经理，并占有了30%的股份。

斯蒂芬特买了套豪华的别墅，约鲁思来玩，真正的目的就是想挫败一下鲁思，而鲁思也知道他的心思，没等他说什么，鲁思就立刻说了："看到今天你所取得的成绩，我很高兴也很满意，相信爸爸妈妈都会为你感到自豪。如果，当初你一来纽约我就让你吃住不愁，还把你推荐进我所在的公司工作，你想你会像今天这样近地接触到梦想吗？"斯蒂芬特听完突然明白了鲁思的用心良苦，脸上泛起了红晕，尴尬地笑了。

有时候你付出了，不一定会有相等的收获，我们经常付出很多，收获很少，这就是人生。但是人生的旅途并不是处处波折，这些波折是为了让你有更大的收获，当你面对艰难困苦的时候挺了过去，彩虹一定会为你浮现在云端。

最年轻的一天

最年轻的一天，不一定属于年轻人，它只属于最有梦想的人。

五十五岁的妈妈退休了，告别了一生努力的工作，顿时觉得人都轻飘飘的，不再需要朝九晚五的她，仿佛人生都过完了似的。

在生日宴会上，她突然发现了自己正在享受着余生中最年轻的一天。她问自己：究竟，我还可以再去做点儿什么呢？在这样的自问中，她惶恐地发现自己的人生有一个很大的空白——从小她便喜爱舞蹈，却从没时间去学习。

于是她报了个芭蕾舞班，虽然是成人班，但除了她都是二十来岁的年轻女孩。开始大家对她报名学芭蕾这件事情嘻嘻哈哈，说她骨头都硬了怎么能跳芭蕾。渐渐地，大家才发现妈妈并不是玩玩而已，而是很认真地练习。天天她都会练踢腿，只一个月的时间她就能把脚放到肩上，还能劈叉，并且穿上芭蕾舞鞋在一次Party上给大家表演了一支舞蹈，大家都惊讶于她努力的成果，用力给她鼓掌。

但Party之后妈妈便收起了芭蕾舞鞋，她说这是她最后一次跳芭蕾。而后她又报名学习踢踏舞，邻居抱怨妈妈在家里跳得响吵到他们，妈妈就到花园去练习，还认识了很多朋友。在她五十六岁生日的那天，一组新闻记者来采访她时，大家才知道她参加了全国踢踏舞比赛，获得老年组第一名的好成绩。我看得激动得不得了，母亲在退休之后找到了自己最年轻的一天，而我们还在为微薄的工资忙碌，为早出晚归的生活消耗自己的青春，值得吗？

不要抱怨现在的自己活得没意义，甚至觉得自己一无是处，这都是因为你不关爱你自己造成的。如果你足够爱自己，足够相信自己，那么就算要你玩转地球也不是不可能的。

现状

不同的梦想构成不同的生活状态，谁也不能把梦想刻意加在他人的头上。

有一个叫麦克的人从来不满足于现状，他从小刻苦学习想上好大学，上了好大学又花费心思进了家好公司，从底层爬到领导层只花了他三年时间。没有人批评过他，也没有人对他表示过不满，因为他在别人面前表现得一直很刻苦，任何工作他都努力完成到最出色。虽然这只是因为他不安于现状，但那又有什么呢？人间本身就是一个窝藏罪恶思想的大蜂巢，这些罪恶的思想变成了促使社会快速发展的原动力。

他的儿子和他截然相反，上幼儿园时就显得无比呆板，小学到中学一路平平，没显得比别人更优秀，也没作过什么恶，反正是个中规中矩的男孩子。麦克非常担心他的未来，经常和老师探讨他的学业。那天电话联系老师，老师说下午是自习课却没看见他儿子。

他非常恼火儿子的逃学行为，不认真学习代表一个人不求上进，没有远大理想。

当麦克在学校后面的草地上找到儿子时，他正躺在草坪上呼呼大睡。麦克气愤地把他从睡梦中叫醒，还在迷糊中的儿子一看是父亲顿时清醒了，赶忙站起来。“啊，爸爸，我睡过了头，忘记了上课的时间。”“你说你这样睡觉对自己有什么作用？你太安于现状了，我麦克的儿子一定要活得比别人好！”

“怎样才能更好？”儿子问。“多赚钱啊，赚了钱才能活得好！”“那赚了钱之后呢？”“到那时候你就可以不用怕被生活的负担压倒，安静地睡你的午觉。”“亲爱的爸爸，如果不是你吵醒了我，我正在梦中安静地睡午觉呢！”

你的生活是否是自己所选择的？你有好好考虑过吗？无论是否安于现状地生活，都是每个人的选择，其他人没有资格去指责，这是由不同的梦想构成的不同的生活状态。

Your Way

你的英雄或许只是一个为了关爱你的梦想而放弃了自己的奴隶。

她有双黝黑的大眼睛，谁看了都忍不住夸赞几句，说这是天底下最美丽的眼睛。而这双眼睛中只有一个人，从少年时代就只有一个人，直到三十岁的今天，她的眼睛不再明亮，却依然跟随他的背影。

他不算是个好看的男生，但个子很高，瘦长。从少年时代他便有个理想，就是在有生之年去所有他能到达的地方，她便被他这充满梦幻的梦想所吸引。他总如小说中的男主角那般，为所有不合理的事情打抱不平，为所有和他一般充满理想和抱负的人送出祝福，在她的心中，除了他世上没有更适合自己的男孩。

而他，在国中毕业便开始了自己的梦想，他认为人生太短，都耗费在学业中岂不是浪费了太多时间。她很敬佩他的行动力，于是在他走的那天她没有去送他，她想，如果去送了她一定会哭，他会舍不得而放弃自己的梦想。她不想做一个阻碍他梦想的女孩。接下来的时光，她努力地学习，想考到他所在城市的大学，虽然她并不知道他在哪个城市，他走后谁也不曾和他联系。大学毕业，她想过去他的城市工作生活，但那时，她还是没有联系到他。

她很伤心，没有见他离去前的最后一面。但她也很开心，在她的心中他现在一定过着精彩的生活，他依然是她最崇拜的男人，他带着她所有的梦想上路，所以她很幸福。

所有的梦想都会有幻灭的一天。在她三十岁生日那天，他回来了，带着满身的伤痕，和落寞得仿佛非洲难民般的眼神出现在她面前。他对她笑，那笑容却因为脸上那道很深的伤疤而显得无比恐怖。

从离开家那天开始，他便不断地吃苦，因为没学历找不到好工作，也因为他冲动的个性为他人所不容，于是他这十多年一直窝在家乡旁边的城市，再也没有出去过一步。她哭了，很伤心地哭了，她说："如果你不出现在我面前，永远留给我美丽的幻想该有多好！"他低下头，从背包中拿出一个很精致的红盒子，打开，里面有个八音盒。"我出去，就是为了送你这个八音盒，谁知道用了半辈子才买得起，现在它是你的了，你就忘了我吧，我们已经是不同世界的人了。"

有时候，梦想在无意间加在了他人的身上，他人为了你的梦想成为一名虚幻的英雄，是否很美丽呢？如果你接受这美丽，只希望你能用你所有的爱去守护这份美丽。

伤口

为了实现梦想，你曾伤害过一些人，但只要你心存善念，用爱去抚平伤口，那么天使都会微笑。

所有人都知道钉钉子的故事吧，就是说爸爸叫男孩在墙上钉钉子，再拔出来，钉子带给墙的“伤口”是怎样也愈合不了了。罗丹也同大家一样把这个故事铭记在心，三十岁的她联系了所有能联系到的大学同学，要大家帮忙找到赵丽，她无论如何忘不了她所带给赵丽的伤口。她坚持：“这么多年过去了，我唯一忘不了的不能释怀的就是赵丽，如果不能在有生之年对她说抱歉，我将永不能放下心中的包袱。”说这话时，她并没有意识到她永远放不下包袱了。

大三那年，学校选公费出国留学的学生，罗丹和赵丽是彼此最大的竞争对手，当谣言说赵丽是最有希望出国的那一个，罗丹嫉妒得红了眼，托做市长的父亲在学校打通好关系，什么招数都使出，一定要把赵丽压下去。最后结果是罗丹胜出，在老师宣布结果的时候，罗丹看到赵丽伤心地哭了，一滴滴眼泪顺着脸颊往下流。那一刻，永远记在了罗丹心里，但那时候的罗丹忙着出国的事，就再也没同赵丽说过什么。十多年过去了，唯一烙印在罗丹心里的悔恨就是在走之前没有对赵丽说一句“对不起”，虽然说了也不见得赵丽就会原谅她，但说了总比没说好。罗丹经常会在梦中看见赵丽流泪的模样，心痛不已。

谁也没有告诉罗丹，赵丽早已离开了人间，他们都统一了说法，用“听说赵丽去了很远的地方，不知道在哪儿”来敷衍罗丹。在罗丹老的时候，她把钉钉子的故事一遍遍说给孙子孙女听，她说：“虽然拔出来依然有伤口，但仍要拔出来，如果不拔出来，等到你想起该拔的时候墙也许已经倒了……”

一生中，在他人伤害你的时候，你也在不断地伤害他人，这是出于人的本性。而当你把本性转为一种善念，那么你的伤害在无形中也会渐渐减淡，直至消失不见。

芭蕾舞

没有人会在乎你的梦想，如果你自己不付诸行动的话。

艾伦从六岁就开始学习芭蕾舞，直到十六岁还没有出师，不是她不努力，而是总有别的同学跳得比她好，所以她一次上台表演的机会都没有过。于是，她只身一人坐火车来到了大舞蹈家的城市，找到了舞蹈家，说："我跳舞给您看，可以吗？"舞蹈家笑着示意她跳，她就跳了一支《蝴蝶夫人》，这舞蹈她练习过不下百遍，所以跳起来很纯熟，并发挥了她最高的水平。跳完后本以为可以得到舞蹈家的赞扬，并把她推荐给舞蹈团。

谁知道舞蹈家皱着眉头说："年轻人，既然你来请我指教我就实话实说。你的舞蹈一点灵气都没有，你知道吗，你只是个跳舞的机器，你对舞蹈的理解停留在很浅的层次。你不懂得将技巧和灵感自然地融合在一起，一个学习芭蕾十年有余的人仅仅达到这个水平，显然是缺少天赋的。我劝你早日放弃做舞蹈家的梦想，另寻出路，免得浪费时间。”

艾伦听后，心中充满了悲伤，她低眉顺眼地对舞蹈家说了声“谢谢”就快速离开了舞蹈家的房子。舞蹈家看到瞬间就失去活力的艾伦孤单的背影消失在门口，心中也是一紧，她对自己的话感到懊悔，一个女孩能从家乡孤身一人来异地寻求梦想，本就是很伟大的举动，而她的话可能会对女孩一生都有影响。她不应该打击女孩的自信心和自尊心，而应该引导她如何实现自己的梦想。于是，舞蹈家立刻拨通了艾伦的手机，说：“我不改变刚才对你的评价，但你要记住，我的老师也曾这样对我说过，我们是一样的！”

艾伦听后顿时觉得精神振奋，重新树立了信心。到了中年她果然没成为舞蹈家，但她做了一名舞蹈老师，她对学生要求分外严格，但对每一点小小的进步都加倍鼓励。她是全城最好的舞蹈老师，她的学生代替她成了舞蹈家，这是她最高兴的事了。

适当的赞美胜过其他任何语言，尤其在追寻梦想的道路上，我们需要最多的就是它。不要吝啬每一次表扬他人的机会，而要用真心去赞美他人的每一个发光点，这样，不仅被你赞美的人会满心喜悦，他身上的闪光点也会更加明亮。

旅行用品

在人生的旅途中前行，少一份负担便多一份轻松。

珍妮和洛费慈计划了多年的旅行终于可以实现了，她们的父母是她们最大的赞助商，只要她们考上大学就给她们旅费，现在她们都考上大学了，为期半个月的长途跋涉就在眼前。

珍妮说："为了防止狠毒的太阳晒伤我们的皮肤，要带上防晒霜和防晒油。"

洛费慈就说："还要防止蚊虫叮咬，所以要带些药膏。"

"万一遇到坏人，我们需要准备自卫用具。"

"还要野炊，所以要带上炊具，还有帐篷。"

"我要带上自己的餐具，一次性餐具我用不惯。"

"我也是，我还认枕头，别人的枕头我睡不惯。"

"我也是！"

…………

两人终于准备好旅行用品，足足两个大包，两个妈妈一看，大叫道：“难道你们想离家出走！？”

两人互相看看对方拖着比身体还大的包的滑稽样子，都笑了起来。

“根本不必带这么多东西，只要你们两个互相照顾对方，就是一趟完美的旅行。”

太多的负担夹在人生的行囊中，让我们不能轻松地面对每一次艰难险阻，为何不选择一身轻松，仅留下关爱之心便可幸福地生活呢？

偶像

无论你处在什么社会地位，请一定学会守护他人的梦想，这是最基本的礼貌。

明罗是个十岁的小男孩，他不像同龄的小孩一般有很多偶像，他的偶像只有一个人，那就是当地最有名的篮球运动员，他的一招一式一举手一投足，每个投篮的动作都是明罗的崇拜方向。

明罗想：如果我变成那样帅气的男人就好了。所以一听说偶像要在步行街签售他的新小说时，明罗兴奋得跳了起来，并几晚没睡好觉。

待到那一天，明罗的妈妈带他去签售现场，只见人山人海，密密麻麻的都是崇拜者。

明罗买了一本书，排了一整天的队才弄到签名。见明罗一脸不高兴，妈妈以为他是累了，但明罗却说："我很难过……"

"为什么？不是得到了签名吗？"

“但是从我拿出书给他，直到他签完名交还给我，他一眼都没看过我！”

妈妈笑了：“人家一天要签几千几万本，谁还会注意你？”

“他是我的偶像啊！”

安静了一会儿，明罗又说：“妈妈，我们花钱把偶像请到我们家玩吧！”

“这是什么话，要请别人为什么要花钱？！”妈妈对明罗的小脑袋里的想法感到好奇。

“因为他就只需要钱啊！不顾我多么期盼地注视着他，他也感觉不到我的目光，连个微笑都没给我……”

也许你的一个错误会给他人带来心灵上的无比震撼，尤其对那些关爱着你的人来说，可能由于你的错误颠覆了他们小小的纯真世界。

一轮明月

享受你现在的生活经历，记住，我和你都被同一轮明月照耀。

Ann终于实现了自己的梦想，通过蛇头偷渡来到了向往的美国打工，但梦想总是那么美好，真实的情况非常糟糕。Ann每天只能待在一个小加工厂中，与一帮与她同样偷渡过来的女工们一起从早忙到晚。好不容易轮到休假，Ann也不常出去，因为她的英文实在是差到极点，她不敢走远，怕走出去便在偌大的美国迷失自己。

从书本中得知的American dream在Ann的眼中瞬间瓦解，她觉得这里简直不是自己该存在的世界，她和这个世界的所有都格格不入。现在唯一的打算就是努力工作，赚足了钱回国与家人享受天伦之乐。这样的Ann常常感到寂寞无助，心中充满灰色，便给父母发电报，说自己现在烦躁不安的心理。

母亲的回电只有一行字：享受你现在的生活经历，记住，我和你都被同一轮明月照耀。Ann开始并没有读懂，多读几遍后才恍然大悟，感到无比惭愧，偏头看向窗外，那里正有一轮明月，和家乡天空的没有任何不同，一样清澈一样皎洁。

Ann从此一改往日的消沉，生活和工作都变得积极起来。她在工作之余，努力学习英语，有机会外出时主动与他人交流。大家都很喜欢与这个黑眼睛的女孩说话，因为她的眼睛总是笑成一道弯月的形状，让人看了很温馨。由此，她的英语水平突飞猛进，一次，工厂老板来审视工作，Ann便找准机会与老板交流，畅谈自己的美国梦想。老板很惊讶一个女孩子能如此自信，立刻提拔她为自己的助理。

现在的Ann过上了自己想要的生活，也正一步步完善自己的梦想。她会经常在午夜呆呆地看着明月，那里面都是她的希望和未来。

在通往梦想的旅途中，如果你不能适应生活的改变，不能及时调整心态，你永远都接触不到你的梦想。只有珍惜自己梦想的人，才是上帝的宠儿。

哥哥的梦想

只有承载了寄托的梦想，才能成功，因为那梦想里面充满了酸甜苦辣。

在哥哥弗诺布斯来到罗马三年之后的今天，弟弟埃尔德终于也来到了这片艺术的国度。弗诺布斯是学音乐的，他的音乐天赋让他在罗马的几年步步高升，现在已经是个歌唱家了。埃尔德来罗马的所有费用都由哥哥提供，埃尔德是学美术的，弗诺布斯就帮他联系进了罗马最好的美术学院。在埃尔德的心目中，哥哥是个神，完美的神。

但一来到弗诺布斯住的地方，埃尔德不由皱了皱眉头，像这样仅有几十平方米的平房，在家乡也是少有的。弗诺布斯笑着说："这里离剧院近，所以就住在了这里。不过你放心，我看过你的宿舍，漂亮得像个皇宫！"埃尔德心头一沉，他第一个想到的就是哥哥因为自己的学费而花费了大量的钱，所以不得不住在这个破旧的地方。

弗诺布斯不想让埃尔德背上太多心理负担，就和他说要他好好学习，以后成了名随便画一张画就把所有学费赚回来了。埃尔德也确实非常努力，多次得到教授的好评，并把他的作品送到博物馆参展，弗诺布斯为有这样一个优秀的弟弟而感到骄傲。可是弗诺布斯从没带埃尔德看过一次他的表演，埃尔德就偷偷跑到他表演的剧院，想给弗诺布斯一个惊喜。

谁能想到，弗诺布斯正在做着一个工人的工作，背着巨大的舞台道具忙上忙下，在他看到埃尔德的时候，所有谎言全部瓦解。在弗诺布斯来到罗马的第一年他便拼命赚钱交学费，在罗马学艺术得花费平常人一辈子甚至几辈子的钱，他像驴一样努力，不幸的事却降临在他身上。某次表演时，一个背景道具砸在了他的身上，压迫了神经使得他不能再发出声音。经过几个月的治疗他恢复了说话的能力，却不能重返舞台。于是，他更加拼命地工作，把埃尔德接到罗马，继承他的志愿，在这个陌生的国度做一名成功的艺术家。

在埃尔德的一幅油画获得大奖时，他对所有在场的嘉宾说了一句话：“自从我知道哥哥把所有梦想寄托在我身上的时候，我想过放弃，是哥哥那双充满关爱的眼神挽留了我，在那里面我看到了所有的梦想，那就是让我所爱的人们都幸福起来。”

不要沮丧自己曾遗失的梦想，也不要尝试遗忘，把他人的梦想当作自己的来关爱和守护，那么总会有一个人能在你已经打好地基的王国中，继续你的梦想。

寻父

珍惜眼前人，别为那些不属于你的人去伤害最爱你的人，这样做，不值得。

海伦从小就没有父亲，她的父亲不是去了天堂，而是在她母亲怀她的时候离开了她们。母亲一个人辛苦地把她抚养长大，但她总是怨恨母亲，尤其当朋友们嘲笑她是没父亲的半孤儿的时候，她就会在心中诅咒母亲：既然没有能力留住父亲，为何要把她生下来受苦?！

十八岁成人的那天，海伦踏上了寻父之路，她想不管怎样自己还是要有个父亲。这一走就走了整整八年，从十八岁到二十六岁，她一直没有找寻到父亲。她心灰意冷，那天天空纷飞着鹅毛般的大雪，她披着件大衣把全身包裹起来，在雪地中她的背影仿佛一个孤单的小女孩。这时有人拍拍她的肩膀，一个女人用慈祥的声音说："小女孩，你的父母呢？"她一下就泪流不止，说："我没有父亲，我也离开了母亲，现在的我不知道该往哪儿去……""你怎么会没有父亲呢？我们都是上帝的子女！”听到这话海伦顿时觉得心头的云层被吹散了，是啊，如果有人再问起她的父亲，她就可以说：“我是上帝的女儿！”她抬头感谢那人时，愣住了，原来那人是她的母亲，已经白发苍苍的母亲。

原来母亲一路跟在她的后面，却不敢相见，因为她怕海伦还没有原谅自己没给她个父亲。直到遇见了一个牧师，那句“我们都是上帝的子女”就是牧师教给她说的，她才鼓起勇气和海伦相见。海伦紧紧地抱住母亲，一点都不想放开手，她已经浪费了太多太多的时间，她知道的。

为了不存在的痛苦而伤害最爱你的人，值得吗？那些曾为你开放的鲜花，它们正在悄悄地枯萎，不要为了那些虚无缥缈的东西而遗忘身边的它们，它们需要你的关爱。

第四辑

承载关爱的风帆

随着生活节奏的加快，人们逐渐变得麻木，匆匆忙忙的脚步带领我们去金钱的王国，在那里，关爱变得淡薄，于是罪恶丛生，于是蜂巢愈建愈大，我想我们应该冷静地思考，如何寻回「关爱」。

美儿天使

爱，是一种根植于心底深处的存在，点点滴滴堆积出了它，成为最美好的语言。

在她小学的时候，有一个叫五十岚优美子的日本漫画家的作品被大家所喜爱，其中有部漫画名字为《美儿天使》，说的是有个小女孩追随父亲去西部开创新世界的故事。因为她长得很像美儿，所以同学们都喊她美儿天使。尤其是汉克斯，总是围绕在她身边说：“我爱你，美儿天使！”

在她渐渐长大，进入青春期后，汉克斯还是这么叫她：“我爱你，美儿天使。”她听得有些脸红，就把汉克斯单独叫到家中，告诉他以后不准这么叫了，但汉克斯厚着脸皮说：“我说的都是真心话，你是我一个人的美儿天使！”她听后觉得心中一片温暖。

她考上了外地的大学，之后又在外地工作了五年，这么漫长的九年，每晚她都会听到他在电话那头温柔地说：“我爱你，美儿天使！”之后，顺理成章地，她与汉克斯结婚了，有了一个美好的家庭。

这是最完整也最幸福的爱情故事，其中没有什么波折和艰难险阻，但这个男生对女生执着的爱情故事确实打动了我。在故事的结尾汉克斯先于她离开人世，那时的汉克斯什么话也说不出来，他看着她微笑，静静等待死神将他带走。她把头伏在汉克斯的身上，听他微弱的心跳，那里面不断地重复着、重复着：我爱你，美儿天使。我爱你，美儿天使。

在爱情的国度，不需要轰轰烈烈，只希望能与子偕老，就像一首歌里唱的那样：我能想到最浪漫的事，就是和你一起慢慢变老。

救命

温暖，在温暖的地方更温暖，你为对方付出得越多，你得到的温暖就越多，幸福就是这么简单。

那个夜晚，来了个马戏团在露天搭台表演，因为舞台离他们家不远，他们吃过晚饭就兴高采烈去看表演了。看了一会儿，她想起家里还有些事没做就中途离开了。他看了一会儿觉得没什么味，也回家去了，远远地，就看见在自己家的方向有一片红光。他心中一紧，撒开腿跑起来。

果真是他们家失火了，小孩子们玩烟火射进了他们家，等他跑到近处时房顶已经坍塌了。他放声大叫向邻居们求救，他的妻子在里面啊！他冲了几次也没冲进已经大火蔓延的房子，就跟着大家一起来回搬运着大桶的水扑火，直到救火队的来到。

她奇迹般地毫发未伤，他紧紧抱住她，他是多么害怕失去她啊！她小鸟依人地躺在他的怀中，微笑着。事实的真相是他不知道的，她回家很快就做完了事，然后准备去舞台陪他看表演，谁知道刚出门家中就着了火，又看到他奋不顾身想冲进房中营救她的模样，她不能让英勇的丈夫失望。于是，待救火队一到，她从后门悄悄回到房间，让丈夫成为她的英雄。

只有设身处地地为他人着想，抱着关爱他人的思想，才能走上“轻松”之路。你帮助了他人，他人自然也会帮助你，也许你只付出了一点，却得到了很多。

打猎

做一个理解别人的人，比做一个强迫别人的人更快乐和更容易，不是吗？

9岁大的阿瑟被爸爸带着去沼泽打猎，爸爸背着沉重的猎枪，阿瑟带了一个数码相机，拍照是他最大的爱好。一到沼泽就看见非常多的飞鸟正在夕阳的背景下悠闲地散步和嬉戏，阿瑟赶紧拿出相机对它们拍了起来。而此时的父亲已经给枪里装上子弹，交到阿瑟手中，说："你心态保持平静，盯住一只飞鸟就开枪。"阿瑟把照相机放在地上，从父亲手中接过枪，心跳得厉害，默念着："你们都赶快逃走吧，我不想伤害你们。"

父亲要他把枪对准其中一只体型较大的飞鸟，说这个容易射中，就开始数一二三，到三时阿瑟朝天开了一枪，飞鸟都吓得飞了起来。父亲拍拍他的肩说："没关系，第一次开枪都是这样，等飞鸟静下来我们再找目标。"没想到阿瑟却流下了眼泪，说："不，爸爸，我不能……它们都是活生生的，为什么要夺去它们的性命呢？”爸爸沉默了好一会儿之后，在阿瑟的身边蹲下来，说：“又来了一只，你试试吧。”

阿瑟丢下枪，掩着面孔的手不断地发抖：“我不能……”“快点，不然它就要飞走了！”阿瑟感到有个硬邦邦的东西在触碰着他，低头一看，原来爸爸递给他的不是猎枪，而是他的照相机。爸爸微笑着说：“快给它照相，阿瑟，它不会总停在那里的。”阿瑟接过照相机，对准后迅速地按下了快门。爸爸歉疚地对阿瑟说：“我一直喜欢打猎，所以以为你也会喜欢。其实你完全可以拒绝，有时候决定不干一件事也需要勇气。”爸爸停顿了一会儿，接着说，“现在，你来教我照相好吗，儿子？”

每个人有每个人的价值观，不能把某一个人的价值观强加于另一个人身上，哪怕那个人是你最亲的人。你这样做只会给那个人增添负担，变成他心灵上的障碍，这不是一种爱的表现，而是一种强制。

狼外婆

记得所有发生在自己身上的苦痛，还有当时的心情，并不要把它们加在别人的身上，他们会比你更痛苦。己所不欲，勿施于人。

凌晨一点，才刚睡着的我被她的电话吵醒，电话那头的她泣不成声。她说她现在非常不好，生活、工作、爱情，什么都不好，她问我活在这个世上的理由是什么。如果在平时，有人这么问我我一定会讽刺她在说傻话，但在这个深夜时刻给我电话的她一定心情已down到了谷底，我不想说些刻薄的话让她更难受。于是，我耐心地听她说了很多关于她进入社会的故事，里面掺杂着辛酸苦辣，这些都是我想象不到的。因为平时的她在外人面前是个衣着光鲜、趾高气扬的女人，谁也不会料到她也有给别人打工被他人欺骗的过去。

上班时的她，对员工异常刻薄，从工资上一分一毫地算不说，还对别人出现的一点小错误揪着不放，甚至会出现逼迫别人辞职的事，大家背地都说她是“狼外婆”。虽然她长相还不错，但男人对于她都是敬而远之。我们一直聊到三点左右，对于她把我当作知心的谈话对象我很高兴，但心情却一直不能平静。在我的想法中，如果自己受了苦难，一定不会把这种苦难加在他人身上，因为人生本就不是一件容易的事，何不大家平等相处？但是对于她我不知道如何去解释，以前她所受的苦难，现在全部加倍地加诸在她的手下和同事身上，她难道不会想到自己也曾经被别人这么压迫过吗？

这不由得让我想到了一句中国流传已久的谚语：多年的媳妇熬成婆。媳妇一辈子都会记得婆婆是如何如何对自己不好，在当媳妇的时候她千叮咛万嘱咐自己以后要对媳妇好，但当她成了婆婆之后，就不记得那些叮嘱了，对媳妇左右都看不满意，也变成了媳妇眼中的恶婆婆。这是人的进步，还是重复呢？如果说是进步，那体现在了哪儿？自己由一个天使成为五毒教主是进步吗？如果说是重复，那怎么没人发现这个残酷的事实呢？

关爱自己的同时，也请关爱他人。别人压迫你时你知道反抗，那你压迫别人时，就不会有人反抗吗？这都是循环，你对别人不好自然他人对你也好不到哪儿去。但是反之，你对别人好，别人会对你更好，这个社会因此而美好。

一美元的爱

用心去守护你的爱，就没有什么办不到。

如果给你一美元，你能做什么？有这么一个小男孩，他用一美元买来了“爱”。

男孩捏着一美元硬币沿街询问：哪个店铺能买到爱？大家都把他当成顽皮的小鬼而不予理睬，但他还是坚持不懈地寻找着。这样的行为吸引了一个店主的注意，一周后男孩终于来到了这家店，六十多岁的店主人慈祥地问他：“告诉我，孩子，你买爱干吗？”小男孩流着泪告诉店主：“我父母很早就去世了，我是被叔叔抚养大的，叔叔是个建筑工人，前不久从脚手架上摔了下来，到现在还昏迷不醒。医生说，只有爱才能救他，我想，爱一定是种非常奇妙的东西，我把爱买回来，让叔叔吃了，伤就会好了。”

店主没想到，眼前的男孩并不是因为调皮才到处买爱，他的眼睛顿时湿润了，问：“你有多少钱？”男孩掏出一美元。“孩子，现在爱的价格正好是一美元，你快回去找你叔叔，他已经服用了爱。”老头接过硬币说。

男孩喜出望外，兴冲冲地回到了医院。一进病房就得知他叔叔已经醒了，原来有人给医院打电话，说愿意承担他叔叔所有的医疗费，并要求一定要把他叔叔治好。院方告诉他们，给他们医疗费的老头是个亿万富翁，叔侄俩激动不已，立即赶去感谢店主。店主笑眯眯地摸着男孩的头说：“你不用谢我，我应该谢谢你才对，你让我知道了人间最伟大的爱。其实你并不用到处购买爱，你本身就充满了爱。”

很多人都抱怨这世界缺少关爱，每个人都孤单地生活在世界的一个个角落里，却不曾想到，就是一美元也能“买”得到关爱，关键看你是否真的为他人付出了全部的关爱。如果你付出了，那就一定会有收获。

敌人和朋友

只要是人都难免做出愚蠢的举动，但这“愚蠢”也许能给我们带来真正知心的朋友。

约翰非常讨厌同班一个叫作杰弗的男生，那是班上的纪律委员。有一次约翰上课迟到，而老师也不在教室，杰弗正代替老师监督同学们温习，约翰本以为安全过关，谁知道杰弗冷漠地把约翰的名字记了下来，不顾约翰哀求，写上“迟到”两字。从此，约翰就和杰弗结下了梁子，他不准自己的朋友和杰弗说话，并且一抓住杰弗的小辫子就立刻告诉老师，谁都不知道他为何这么怨恨杰弗。约翰愤怒地过完了高中生涯，他祈祷这一辈子都不要碰到杰弗这样的小人了。

在毕业派对上，大家沉浸在一种伤感的离别气氛中，杰弗突然拿起酒杯走到约翰身边，鼓足勇气憋红了脸敬酒给约翰，看约翰对他视而不见，他就仰头自个儿喝了下去，并说：“我不知道为什么你一直找我麻烦，但是在毕业的今天我原谅你了，也希望你能以一种公正的态度对待我。”约翰瞪大眼睛，说：“我一直找你麻烦？！谁让你先找我麻烦！”于是，约翰把自己那次迟到的事情从脑中翻出来大声地说了一遍，“就是这件事，让我看清楚你是个小人！”杰弗听完他说的话，叹了口气：“原来是这件事让你对我产生反感了啊……”

原来那天老师已经先来过一次班级，看到约翰不在，就叮嘱杰弗一定要当着约翰的面在点名册写上他的名字，而约翰不知道老师曾来过，也没问过别人，就一直当杰弗欺负他。约翰立刻拿起酒杯，一口干了，然后对杰弗愧疚地笑了。这一笑，化解了两人的恩怨。直到现在约翰还把杰弗当作最好的朋友，只有杰弗，才会在他做出愚蠢的举动时，拿着酒杯来到他的面前，问清楚事情的原委并分析真相，只有这样的人才是真正的朋友。

上帝创造误会并不只是给人们带来尴尬，有时，也会有意想不到的故事因误会而完整，这就是人生，不要因为误会而耽误了人生。

大作家

关爱他人的梦想，是每一个人的责任。

杰克的爸爸是个知名的作家，几乎隔三岔五就会有文学青年拜访他，跟他学习写作的经验，他也总是耐心地给青年人指点。遇到有潜力的青年，他还会帮他们给出版社或报刊社投稿，或者推荐编辑给他们认识，消耗了大量的可以用来写作的宝贵时间。杰克曾不止一次地指责父亲对外人那么好，但是连帮自己儿子补习功课的时间都没有。

有一次，杰克又指责父亲，父亲把他带到书房说："接下来，你听我说一个故事。有一个喜爱文学的乡下青年每天在家努力写文章寄给一名作家看，等到他连续寄了两个月还音信全无的时候，他就去了那个作家所在的城市，找上门去拜访那作家。作家说没见过他的信，但他却在作家处理信件的大箱子中找到了自己四十多封未拆封的文章，而作家正准备处理掉这个箱子。那个青年拿着四十多封信，里面堆满了他的心血，他尽量使自己平静地对作家说：‘虽然你瞧不起我，但我认为自己是最棒的！’因为这件事青年奋发图强，坚持写作，终于有了点小名气，并时刻提醒自己要有一颗尊重他人的心。杰克，这个人就是你的父亲。”

听完这些话，杰克心中充满感动，从此再也没责备过父亲，还配合父亲帮助那些来求学的文学青年们。这，就是父亲最大的心愿了吧。

有这么一句话我想与大家分享——站在山顶的人看山脚的无名小卒，很渺小；站在山下的人看山上的人，同样渺小，其实两个人是一样大的。

龙猫之死

不要因为失去的朋友而伤感，他们在世上活得精彩，上了天堂，活得会更精彩。

曾经为了考上研究所，我寄宿在舅舅家中。舅舅和舅妈都是老师，天天早出晚归，陪伴我的只有十岁大的表弟和可爱的龙猫。那段时间我拼了命地学习，每天只睡四五个小时，对于记忆力不好的我来说，睡觉已经成为奢侈的事情。我唯一的休闲就是陪龙猫玩两三分钟。从小到大我家从没养过宠物，尤其是这么乖巧奇特的龙猫，我都想着等我考试成功一定也养只龙猫。

那年的夏天漫长而又炎热，龙猫生病死掉了，舅舅舅妈并没有太多感伤，反倒是我悲伤得不得了，把龙猫埋葬的那个晚上我双腿虚弱得甚至走不了路，它可以说是我生命中第一次遭遇的死亡。死亡来得如此简单而莫名，让我对它充满了恐惧。

这种情况持续了一周，舅舅并没有注意到，只有表弟看在眼里。一天，他推开我的门，对我说："我们来到这个世上就是要学会爱每个人，因为是学习所以要花费很长时间，而龙猫生来就是爱所有人，所以它们不需要在世上太久。"就这么一句幼稚但充满哲理的话，让我不再难过，并默默祝福在天堂的龙猫幸福。

生命的轨迹是生到死的过程，每一个过程都是上天周密安排的，所以顺其自然，让每一个过程都完美就好。不要为其中某一个过程的不顺利而懊恼或沮丧，Let it be!

猜猜我有多爱你

每个人都有难以忘怀的情感，也许一辈子，留在记忆深处的，就是那么一句温暖的话，或者一个关爱的举动罢了。

库拉总是这样问他的妻子哈琳：“猜猜我有多爱你？”哈琳跟着就会边笑边把手环绕在库拉粗壮的腰上，说：“这么多的爱。”库拉也会经常突然问儿子米拉德：“我今天有没有对你说爱？”

库拉就是以这样的方式爱着哈琳和他们的家，而他的爱在晚年也得到了回报。七十岁的他因为脑瘫永远躺在了病床上，不能动，不能说话，大小便不能自理，连弯曲一下手指都不可能。他也忘记了所有人，包括哈琳和米拉德，他的记忆仿佛回到了儿童时期，说出来的人和事都是那个时期的。

哈琳和米拉德所有的闲暇时间都陪伴在库拉的病床边，米拉德每天都会在库拉耳边说几次“我爱你”，而哈琳也总是问“猜猜我有多爱你”，希望借着这句话让他恢复记忆。当医院里的其他人和他们的亲朋都赞美哈琳和米拉德对库拉的爱时，他们一致回答：“我们对库拉的爱不及他对我们的万分之一。”

在米拉德的妻子生小孩那天，米拉德一直给母亲打电话，通过母亲的嘴让库拉知道他们家又有新的生命诞生了。此时的哈琳已经六十岁了，她一手听着电话，一手抚摸着库拉的头，说：“亲爱的库拉，我们的儿子米拉德也即将有自己的孩子，他也会如你一般全心全意地为家庭付出……”说到这儿的时候，库拉突然双目圆睁，恢复了生气，大声地说出一句：“他一定要对他的妻子孩子说‘爱’！”看到清醒过来的丈夫，哈琳的眼中积满泪水，她紧紧握住库拉的手，说：“会的，他会的！”

在库拉离去后，没过几年，哈琳的身体也渐渐不行了，她每天必做的事就是坐在阳台的摇椅上，慢慢地摇着，并重复那句“猜猜我有多爱你”——这就是她此生最感动的话语吧。

一个小细节，你反复做，就可能膨胀得比天还大。你的所有关爱，在他人的眼中已经不是“关爱”两个字可以说明，那其中包含了幸福、温暖……为你所爱的人，多做一些细节，这些细节将不会因为你的离去而消失，它们会化成空气，活在世界的每一个角落，带给他人。

宝物箱

真正的爱，不是用说的，而是用做的。

母亲有一个大大的宝物箱，她总会定期清理，里面整整齐齐摆放着一个个长方形的小盒子。在丹尼小的时候，因为个子矮，而宝物箱又放得高，所以从没有机会打开看看其中是什么。

丹尼对它充满了好奇，总在幻想其中是否有什么藏宝图，或者妈妈是公主，所以留下很多珠宝首饰之类的。他也问过母亲里面究竟放着什么，她微笑着说："都是妈妈最珍贵的宝物啊！"这样更增添了丹尼对它的兴趣。

终于有一天，丹尼架着两个板凳爬了上去，却发现宝物箱外面还有一把小铜锁。那天他分外地气愤，那里面一定藏着天大的秘密，但却不告诉他。丹尼顿时觉得自己不是妈妈的孩子。尤其爸爸在他小时候总开玩笑地告诉他他是捡来的，现在也终于得到印证。

为此，丹尼开始了为期一周的寻宝计划，翻箱倒柜地寻找开那把铜锁的钥匙。功夫不负有心人，最后他发现原来那柄小钥匙就在宝物箱下面压着，丹尼立刻兴奋地打开了箱子。

丹尼从中拿出一个离他最近的盒子放在床上打开，里面放着两本很旧的影集，丹尼一打开就看见上面用蓝色笔迹写着两行字：1982年12月27日晚11点，天使降临人间。再往下看，都是黑白的小照片，每张都有点泛黄。

丹尼看到一个有着长睫毛的婴孩裹在襁褓里安静地睡觉，旁边写着：是个漂亮的男孩，谢天谢地，不是怪物也不是残疾。旁边还画了个小小的微笑着的太阳。丹尼一下子笑了出来，想到妈妈生他的时候也不过二十多岁，还是个才独立的女生，对什么都充满怀疑，甚至怕自己的孩子不健康。

接下来每张照片的旁边都写有一些话语，有丹尼第一次爬行、第一次走路、第一次写字、第一次荡秋千……小学之前的记忆由许多个精彩的瞬间集合在这两本影集中。丹尼又拿出箱子中其他的相册，那里面认真记录了丹尼的成长历程，满满一箱子的宝物，原来都是属于丹尼的。他一时感动不已，妈妈是在用全部生命来细心地爱护着他。

随着我们年龄的增长，身边的人来得快去得也快，记得你的人越来越少，关心你的人越来越少。唯一对你持久不变的，也许就是父母的爱，所以，请记得他们对你的好，永远记得。

晚上好

你的每一次付出，都会得到更多的回报，这就是关爱的世界中最有规律可循的法则。

那段时间为了考研究所，锐参加了一个考前培训班。同学们都是各行各业的佼佼者，所以虽然不像联考那样充满压力，但大家还是在一种极度沉默的气氛中刻苦学习，谁也没时间去多搭理别人。

学习的第二个星期，来了一个非常幽默风趣的英语老师，是个叫杰洛克的美国人，块头很大、身材挺拔，第一次出现就带着无比的兴奋用中文对大家说："晚上好！"虽然就简单的三个字，但让大家都感觉很亲切，并发出会心一笑。每天放学后，杰洛克总会带着一束红玫瑰离开学校，有些和他关系熟的朋友问他是不是在追女孩子，他摸摸后脑勺，笑笑不说话就算承认了。大家都把他当作了好朋友或好兄弟，每天他都会给大家带来好心情。

有一天杰洛克突然生病了，第二天没来上课，第三天也是……

如此过了一周后，他终于来上课了，却不如曾经那样潇洒地和大家说“晚上好”，他变成了一个沉默寡言的人，任谁都看得出在他身上发生了什么事，他心中藏着深深的悲伤。也许，是失恋了吧，大家这么想，如此又过了一周。

锐看到杰洛克这副模样很是难过，他看到别人伤心自己也会伤心，于是他想了很多方法去帮助杰洛克忘记痛苦的往事。锐先是去了花店，觉得买花送男生不太好，就又来到一家精品店，挑选了一张淡雅的贺卡，用天蓝色的水笔写下：提起精神来，我们需要你的微笑，杰洛克！落款为：学习班全体成员。

第二天当锐准备把贺卡放在讲台上时，发现那里已经堆了十几张贺卡和三束美丽的红玫瑰，原来大家都是如此喜爱着杰洛克。杰洛克看到这些充满关爱的礼物，一时激动不已，深吸一口气，然后大声地说出：“晚上好，我亲爱的朋友！”

有时候，一个小举动就能创造很大的价值，一个小改变就能影响他人的世界观，所以珍惜每一个小细节，那是你的魔法棒，而你就是那个拿着魔法棒的小精灵。别丢失这份上天送给你的礼物，好好利用它，把这个世界变得更美。

祝你幸福

珍惜每一次的最后，世上从来没有时光机器可以去重新过那一次次“最后”。

她怎么也想不到他会对自己说“分手”两个字，并牵着另一个横看竖看都比她差劲的女人招摇过市。他告诉她，他将和那个女人结婚时，她仿若受到一记晴空霹雳，傻得说不出话。于是，她咬牙切齿地说：“你们不会幸福的！”他恶狠狠地回应：“是吗？不如你等着瞧瞧！”

之后过了几年，她嫁给了公司的同事，两人从相识到结婚不到半年时间，短到她都不确定两人是否恋爱过。简单的婚礼，几个亲朋，她喝了很多很多，哭得很厉害，男友从身后把她紧紧抱住，说：“宝贝，我会爱你一辈子，所以你别哭了，你要知道你的眼泪比珍珠更珍贵！”这时她才有一种真实感，这感觉告诉她眼前这个男人是她最正确的选择。

又过了几年，她与他在大学同学聚会上遇见了，她带着自己的丈夫，典型的处于幸福中的小女人模样，而他却孤身一人，显得很落寞。“发生了什么？”她明白不该问，但管不住自己的嘴。他苦笑道：“过不下去了……我还记得你说过，说我不会幸福，现在证实了……”她愣住了，她并非是为了期待这个结局才口出恶言，如果重新回到那一年的那一天，她想她会对他说：“祝你幸福！”

有些人可能给你带来过无限的伤痛，但在离别时还是请你保持冷静，给你们的故事画上完美的句号，这样才对得起你曾经的付出。

抓阄

爱是来自双方的，永远记住对别人的承诺，因为这些承诺背后也许隐藏着一份伟大的爱。

洛克和洛德兄弟俩此刻面临一个严峻的问题：他们两人之中只有一人上得了大学。他们的父亲，一个木工，仅仅为了填饱一家人的肚子每天就得工作十三四个小时，除了做完自己的工作还得给邻居们做工，所以仅凭父亲的经济实力，只能供一个人上大学。

在他们拥挤不堪的床上讨论了许多个夜晚之后，兄弟俩达成了一个协议：用抓阄来决定命运。输的一方就去附近的煤矿工作，来支持赢家在大学的学费。等赢家毕业以后，他就得在四年之内开始支付输家的学费。抓阄结果是洛克去了危险的煤矿工作。

四年后，洛德以优异的成绩毕了业，当这个镇上唯一的大学生荣归故里那天，全镇为他举行了个盛大的Party。席间，洛德站起身，举起杯向他亲爱的兄弟洛克敬酒，感谢他圆了自己的大学梦。

最后他说："洛克，我的好兄弟，现在轮到你了。你去实现你的大学梦吧，我会全力帮助你的。"大家都为他这一举动欢呼时，洛克走到洛德身边，微笑着说："好兄弟，你以优异的成绩毕业我非常高兴，你还记得我们的约定我更是感到十分温暖，只是我想我再也学不进去了……""怎么会，你的成绩比我的好得多！""四年的时间里我没有摸过一次课本，成天起早贪黑地工作已经让我忘记了ABC，你认为这样的我还有机会上大学吗？"

洛德感到一阵心酸，说："无论如何，我会实现我的承诺，所以你现在重新去学习，无论五年还是十年，都由我来供养你！""你毕业了该承担的就多了，家里的负担未来的生活等，怎么能为了我而忘记其他呢？其实在抓阄那天什么都已经决定了，那两张阄上面写的都是你的名字……"

你所认为是上天赋予的机会中，有很大一部分都是那些关爱你的人无条件为你创造的，所以请一定要珍惜每一次的机会，因为其中有许多许多的爱，是你一辈子都偿还不了的。而你如果不珍惜，不仅是对自己不负责，也伤害了那些爱你的人。

站起来

在人生轨迹上，父爱，陪伴我们走过了多少风风雨雨！

十六岁那年，安妮在一场意外的车祸中双腿瘫痪了，医生断定她以后的日子将在轮椅上度过。父亲没有把这个噩耗告诉安妮，一个人躲在洗手间大哭不止，他不肯接受这个残酷的现实。带着安妮，父亲走遍了所有大医院，结果很无奈，疗效甚微。

看着安妮双腿的肌肉开始慢慢萎缩，父亲终于不顾医生的忠告，买了一双非常高级的运动鞋让安妮穿上，然后说：“站起来，你一定能站起来，你一定要站起来！”父亲把安妮慢慢移到床边，和母亲一人架着安妮的一只胳膊，努力让她保持平衡。但安妮虚弱的腿根本就不听使唤，身体不停打战，豆大的汗珠从脸上滴落。最后，父亲摔倒在地上，安妮趴在他身上，绝望地痛哭起来，父亲长叹一声，顿时苍老了几百岁似的。

父亲问安妮：“你说，你想不想再次站起来？”安妮表情坚决地大声回答："想，我非常想再次站起来！"第二天，父亲把安妮扶到双杠上："这，就是你站起来的机会！"每天父亲的全部身心都放在安妮的康复上，而安妮也做得很好，没半年时间，她已经能拄着拐杖自己走动了。

现在，安妮的父亲又恢复了笑容，他高兴地对所有熟悉的或者陌生的朋友们说，连医生都不能做的事，他的女儿安妮做到了，人定能胜天！

不要怀疑自己的能力，我们有很大一部分能力都未曾被开发，也许当我们的能力全部被开发时就变成了超人也说不定。你是最棒的，当爱你的人这么对你说的时候，就保持笑容大声地响应："是的，我也认为我是最棒的！"

两个男人

贪心让我们永不能满足。

两个男人都很爱她，一个有钱一个没钱，而她选择了没钱的，因为她认为只要有爱就什么都有了。他们在六十多平方米的房子中结了婚，人前人后他们都是最甜蜜的夫妻，他为了多陪她只做了一份朝九晚五的工作，一下班就赶回他们的小巢，他的心全部放在她的身上，她想她是世界上最幸福的女人。

但是六年之后的一次派对上，朋友们发现他们已经变了样，两个人的神情都很疲惫，还时不时为点小事而斗嘴。她对朋友说他多么多么无能，除了要交十五年的按揭贷款，还欠了别人一屁股债，现在的他们就像仇人，见面就吵，半天一小吵两天一大吵，她非常后悔选择了他做自己的丈夫，而没有选择有钱的男人。而那次聚会，有钱的男人也参加了，依然独身，他说他的心中始终有她的一席之地。

她被感动了，第七年她就与他离婚，而嫁给了有钱的男人。

然后她过上了阔太太的生活，住在别墅里天天看看书上上网，不用努力上班，更不用努力赚钱还钱，过得很清闲。但她却感觉更不快乐了，虽然不像与他在一起天天吵架吵得心烦，但现在的她非常寂寞。因为男人的事业心很强，所以基本上每天都是她一个人待在房子中等他回来。从前是为了没钱苦恼，现在，她的苦恼比没钱还要多很多，她很怀念以前与他在一起的日子，哪怕是吵架的日子。一方面她想待在有钱的男人身边，不要再为钱的问题而烦恼；一方面她又很想回到没钱的男人身边，回到他们爱情最伟大的刚结婚那年。如果两个男人能合并为一人该多好啊。

人总是充满贪婪之心，吃着碗里的看着锅里的，却不知道只有心存满足才能得到幸福，要不然，无论碗里的还是锅里的都满足不了你。

强盗

点一盏明灯，照亮每一处需要被关爱的角落。

那天，琼斯出去应酬，到凌晨才回家。到了楼下忽然尿急，就钻进公共厕所方便。那个厕所的灯忽然熄灭了，漆黑一片，才系好皮带的琼斯感到有个硬硬的东西顶住了他的腰。“不许动，把钱拿出来！”一个男声让琼斯立刻明白自己身处险境。他感觉到那是一把刀，一把尖刀，霎时万般后悔自己为什么不回家方便。琼斯努力使自己冷静下来。那声音听上去非常稚嫩，好像出自一个孩子之口。琼斯想回头，那尖刀轻微地戳了他一下，并吼道：“不准回头，快把钱拿出来！”琼斯的心猛地颤了一下，不是因为害怕，而是因为这个场景格外熟悉。

“快，把钱拿出来！”琼斯知道此时只有顺从他的意思，就取下包递给了他，并告诉他包里只有一百美元。他犹豫了一会儿，说：“还是你拿出来吧。”他的语气缓和了许多。琼斯拿出一百元钱，在递给他的同时，小心翼翼地问道：“你是不是遇到了什么困难，能和我说说吗？也许我能帮助你更多。”

他抓过琼斯手里的钞票后退了一步，借着月光，琼斯看清楚了这张脸，一张少年的脸，颧骨突出眼睛外凸，完全是皮包骨头。在少年夺过钞票的那一刻，琼斯也顺势抢过他的刀，少年惊慌地睁大了眼睛，他不知道接下来将会发生什么，而琼斯却微笑道："喂，男孩，看你的样子应该饿了几天，我带你吃点东西吧！"不顾少年的反抗，琼斯抓着他的手来到一家二十四小时的便利店，买了些面包和牛奶给少年，少年接过袋子，用很轻很轻的声音说："谢谢，我已经三天没吃过东西了。"

听到这儿，琼斯的眼眶湿润了，他在少年的身上看到了十二岁时候的自己。父母离异后，谁也不要琼斯，琼斯过了半年多吃了上顿没下顿的生活。他休了学并找到一份工作，在一家印刷厂当小工，可是老板迟迟不肯付给他工钱，他要了许多次也没有要到，最后一次还被他们打了一顿。在琼斯实在饿得受不了时，他拿起匕首做了与少年一样的事情，却当场被人逮住，痛打一顿后送到了管教所……

看到少年咬紧嘴唇不让眼泪流出的模样，那段悲惨的少年时光再次涌上心头，接着他在少年的手背上留下了自己的联系方法，说如果没钱了再来找他要。少年的眼泪终于哗哗地流出，然后他便飞快地消失在了茫茫的黑夜中。

年少的心是脆弱的，容易在黑夜里迷失方向。但愿我们都能做一盏明灯，照亮那些黑暗里迷失的眼睛，温暖那些脆弱的心灵。

我相信你

设身处地地为别人的幸福考虑，会使得你更显伟大。

所有人都劝他不要再等她了，从毕业开始，都已经等了十年。

十年，何其短又何其长，因为工作的忙碌和压抑，他的头顶微微秃了一块，他会经常笑着对别人说："不怕，这是十年的代价，她回来了我便年轻了。"

她离开家乡那年，所有来送她远行的亲朋都知道她是个心志很高的人，所以都不相信她离开家乡后还会回来，一定会在外地找个好工作好老公，买房买车。只有他相信她会回来，因为他相信她唯一爱的只有他，所以他答应了她，让她离去。在火车即将开动时，他叫她："所有人都不让我放你走，说你走了就会忘记我，但我不希望成为你前往梦想大道的阻碍者，我也相信你不是那样的人，也许他们对你有误解。"

在听这句话之前，她确实想过，也许在他乡会遇到比他更好的男子，但这句话带给她很大的震撼。伴着眼泪她消失在他的目光中，从此他便开始了漫长的等待，他不顾亲朋的劝解，一个女性知己都不曾结交，因为他的心中只有她。

当她衣锦还乡时，她依然单身，他在火车站的出口用温柔的微笑为她洗去满身疲倦和尘埃。

每一句誓言每一份承诺，都请好好珍惜。人这一生该珍惜的不多，但它们有绝对足够的理由让你用毕生去珍惜，这是上天为你安排的美好人生。

母亲的需要

怀有一颗感恩的心面对你身边的人，你会发现生活是如此美好。

四十岁的罗纳尔在生日过后，突然辞掉了自己打拼十多年的工作，卖掉房子带着妻儿一起回老家，陪同母亲生活。罗纳尔的父母在他上中学的时候便离婚了，之后母亲一直没有再婚，艰难地把罗纳尔和姐姐养大成人。母亲看到罗纳尔一家出现在门口的情景，一时感动得说不出话来。她是个好母亲，从来都害怕自己成为孩子们事业路上的阻碍，所以无论她多么想念罗纳尔都从没说出口过，至多只是打个电话，听听儿子的声音便满足了。

母亲天天都乐呵呵的，无论是在做家务，还是陪罗纳尔的孩子玩，甚至在睡觉，她都一副满足的模样。这让罗纳尔很心酸，在姐姐和他先后离开家乡去外地过自己的生活后，母亲是怎样一个人寂寞地度过那么十几年的？那个负心的父亲一定没有联系过母亲，他从不知道母亲为了他的离开哭了多少次。

罗纳尔带着母亲去了一家算不上一流却十分幽雅的餐厅，母亲挽着他的胳膊，那模样像第一夫人般美丽。在点菜时，母亲说：“以前都是我带着你来餐厅，点菜给你吃，一晃十几年过去了，变成了你给我点菜了。”“噢，妈妈，现在您该好好享受，是我回报您的时候了。”

母亲笑得如同一朵白玉兰花，很温暖。不久之后，她便离开了这个世界，永远离开了罗纳尔。事情发生得太快，以至于罗纳尔没有机会做更多报答母亲的事了。罗纳尔和姐姐抱头痛哭，姐姐说：“谢谢你在母亲最后的日子代替我一起陪同她度过，但当时你为什么突然辞职回家呢？”罗纳尔看着母亲的遗照，照片上的母亲正对着他们微笑，如同吃饭那天一般温暖，他说：“因为，我感觉母亲需要我。”

多花点时间陪陪你的家人，不要在最后一刻都没机会对他们说出“我爱你”三个字，那对你对家人都太悲惨了，不是吗？

小木屋

给别人温暖，以自己的生命为代价，这是关爱最崇高的境界。

尼迪和罗布尔斯被困在了皑皑大雪中，两人迎着夹带着雪粒的大风走了足足一个小时，终于发现了那间红色的小木屋。这木屋是为旅客避难所建立的，牢固结实，旅客看到它就像看到了生命的希望。

在他们推开门时，看到一人睡在地上，原来有人比他们早来到这里避难。罗布尔斯注意到睡着的是一个十多岁的小男孩，只见他一脸苍白，呼吸都有些困难。他立刻反应过来这男孩不是在睡觉，而是快被冻死了。当罗布尔斯把小男孩抱在怀中，就感觉男孩的生命在渐渐流走。尼迪劝罗布尔斯不要管这个男孩了，这小木屋里没有任何可以取暖的东西，没有火炉没有衣被，都自身难保了。

罗布尔斯没听他的，自顾自把衣服解开，把男孩裹在自己的衣服中，吸收自己身体的热量。尼迪说：“见鬼，你别为救一个人而把自己冻死了！看来这雪两三天是停不了了，为了不冻死在这里，我先去探路！”说完，他就走入了茫茫大雪中。

渐渐地，罗布尔斯的体温使得冻僵的男孩恢复了知觉，脸上也出现了红晕。他们互相依靠对方的体温一直坚持到第三天，有人来营救他们了，在高兴之余罗布尔斯并没有见到他的朋友尼迪。“难道不是尼迪通知你们我在这里避难吗？”“是他通知的！”“那他人呢……”一种不祥的预感笼罩着罗布尔斯的心。

“他死了，在来营救你们的路上死了。”原来尼迪在找到他们的时候已经被冻得不行了，身体各处都出现了严重的红肿现象，需要立刻送去住院。但他坚持要陪营救队员们找到小木屋，看到罗布尔斯安全他才能放心。他说：“那小木屋中有两条生命，一个是我最重要的朋友，一个是我朋友用生命换来的生命，他们都很重要！”而过度的体力消耗，让他最终也没能看到罗布尔斯最后一面。

人生的游戏法则中有这样一条：你帮助他人，上天便帮助你。不要以为这只是大道理，仔细回忆你成长的旅途，是不是出现过许多次上天帮助你的情况？这些情况是不是都是在你做了善举之后？不用怀疑上帝的存在，只要你心存关爱，你便是自己的上帝。

原谅我

设身处地地为他人着想，知错就改的人谁都愿意接受和尊重。

汉斯是一家杂志社的责任编辑，每月最忙的就是杂志出刊那几天，也就是这几天汉斯的体质最差。终于有一次他得了重感冒，需要输液。于是汉斯向主编请假，而主编板着脸斥责他："你不知道现在是关键时刻吗？！你个人与杂志整体利益哪个最重要？你说说！"

汉斯什么话也说不出来，心情沉重，有了跳槽的想法。又是一个通宵后他终于受不住，在单位的沙发上倒头就睡。第二天中午时汉斯才醒过来，他迷迷糊糊走到桌边，看到了一张纸条，是主编留给他的，上面用黑色水笔写着：亲爱的汉斯，我昨夜太粗鲁了，说完那些话后我非常懊悔，一夜未眠，今早就准备来向你道歉，看到你熟睡的模样，我越发感到自责。对不起，请原谅我！

人不是为了工作而活，更没有人是为了压迫他人工作而活，所以应用积极和关爱的态度去面对每一个努力工作的人，他们也许没有投入全部身心，但只要他们认为这份工作值得去做，就可以了。

坏孩子的天空

每个人都有他最出色的地方，关键看你如何用心发掘。

他是班上甚至全校最调皮的学生，逃课、戏弄老师、欺负学弟学妹、考试没一次及格，可以说他坏事做尽，班主任也不止一次地把他母亲叫到办公室："不能因为他没有父亲你就娇纵他，如此这般他迟早进监狱！"母亲听完总是泪眼婆娑。在他小学时父亲就跟别的女人跑掉，只有母亲一手把他拉扯到高中，谁也不曾料到他会是个坏孩子。

其实，他并不是一切都如此糟糕的，他的画画得非常好，虽然并没有刻意送他去学画，但他的画非常有想象力和感觉，很难想象是个门外汉的画。但面临着联考前的冲刺，谁也不把他的这个特长看在眼中，除了他母亲。他的每一张画母亲都非常用心地装裱起来，收藏在画夹中带给一个在大学教美术的教授朋友指点，朋友也很认真地对每一幅画进行点评。

一次，他花费了一周时间画了张天空，那是从他座位的角度看到的天空。狭小的窗户，细细的铁栏杆外透着清新的蓝。教授一看到这张画就激动得不得了，对他母亲说："你的孩子是天才，让他跟着我学画吧，他一定会成为伟大的画家的！"听到这儿，母亲笑得非常开心，笑着笑着眼泪就吧嗒吧嗒地止不住往下掉，她说："我就知道他不是坏孩子，他是世界上最棒的！"

没有人是一无是处的，只要细心观察，也许他会是世界上最棒的那一个。每个人都是金子，只是被沙子掩埋，失去了它的光泽，但总有一天，会有一位采金员把它挖掘出来，只要这位采金员有足够的爱和观察力。

一小时半

相信，是一种美德。

今天是梅隆小姐母亲的生日，从一星期前她就同丈夫说好了，谁也不许加班，不许应酬，一定要准时准点给母亲过生日。直到今天早上丈夫出门上班前，梅隆还叮嘱了一遍，丈夫微笑着说："亲爱的老婆大人，我记得很清楚了。"

但是丈夫却没有按时来，时间走得飞快，转眼就过去半小时，丈夫的身影依然没有出现，她有些尴尬地坐在沙发上，母亲和父亲在一旁边看电视边窃窃私语，还不时看向梅隆。梅隆知道他们一定是在谴责丈夫，因为时间过去一个小时了他还是没出现。梅隆的脸上溢出汗珠，母亲赶忙说："他一定是有重要的事情耽搁了，我们先吃吧。"说着，父亲就把菜摆上桌子，满满一桌。又过了二十分钟，梅隆还是一再强调不能吃，因为她相信丈夫肯定会来。父母也不好说什么，坐在饭桌上傻傻地对看，他们心中已经把女婿骂个半死，一个浑小子让女儿死心塌地地相信着，他们或多或少会有些嫉妒。他们想，只要女婿来了，他们肯定要狠狠责备他一番。

才想着，门铃就发疯般地响了起来，梅隆的丈夫大汗淋漓地进了屋。他气喘吁吁地说：“天啊，堵车堵得厉害，现在迟到了多久啊？岳父岳母真对不住，让你们等我吃饭了。”“你迟到了整整一个半小时！要不是梅隆要等……”岳父刚开始准备指责女婿时，梅隆微笑着站起身，来到丈夫身边，说：“我就知道他一定会来。”一切显得如此甜蜜。

其实，梅隆本也想到丈夫大概忘了母亲的生日，就准备给他打电话，但又想：我还是要多等他几分钟，多等几分钟他一定会出现。

我们每个家庭当中，夫妻吵架，都是因为这些提不起来的事引起的。忍耐几分钟在你的生命中不过是眨眼就过的事情，但却能证明你有多在乎对方。

我恨你

带锁的笔记本锁住了愤怒和怨恨，留下的，是一颗宽恕的心。

找出初中时期的日记本，因为是用密码的，而莉莉丝也早忘记了密码，费了很长时间才在不破坏日记本的情况下把密码锁取了下来。莉莉丝想：小时候也真是好玩，总认为自己的日记非常重要，就怕别人看见，所以定要买带锁的，随着年龄的增长渐渐也就不怕公开日记了，甚至在网上注册个博客，天天写日记让所有认识的或不认识的朋友共享我的喜怒哀乐。

翻开日记本，让莉莉丝吃惊的是其中写满了诅咒，一些“我恨死你们了”这类的句子进入她的眼帘，她立刻就把日记本合上，并四处张望有没有人在旁边，她的心真的都提到嗓子眼了。莉莉丝再翻开细看时，上面记载了很多小吵小闹的事情，现在看来没什么，在当时却是天大的灾难。莉莉丝曾不止一次提到离家出走，或者这一辈子不再踏进学校一步等等想法，大多是在考试成绩下来被父母责怪后写下的。其中还有几页被胶水粘住了边，莉莉丝小心地撕开来，上面写着大大的“我恨你！今生今世如果我还同你说话我就是猪！”可以看得出当时的莉莉丝是多么地愤怒，但是让莉莉丝感到不好意思的是，她怎么也想不起那个“你”是谁了。

没有渡不了的河，也没有跨不过去的坎儿，所以在每一次受伤或者被伤害时，不要意气用事地做一些同样会伤害他人的事，而是要冷静地渡过这一关。等到你渡过了河跨过了坎儿，再回头看来时的路，是多么可笑，完全不值得生气伤心。

需要你

现在的你也许正处在水深火热之中，不能自拔，那么请想想这世界上那个“需要你”的人，什么都会变得不一样。

蛋糕店里的每一个人都对汤马斯既好奇又害怕。汤马斯原本是一家大公司的财务经理，后因为公司倒闭就来到这家朋友的蛋糕店工作，前台后台他忙里忙外，无论工作性质还是工资方面都悬殊那么大，他也愿意干，这让大家很好奇。汤马斯长着一副标准的财务脸，就是那种让人一看就像欠他一大笔钱似的，成天板着脸不苟言笑，让大家害怕。

无论如何这是一家很简单的小店，大家的想法很快就传到了汤马斯耳朵里，汤马斯听后灿烂地笑了，露出一排健康的牙齿，他对大家说了一个故事：汤马斯才失业的时候觉得天都要崩裂了，自己为之奋斗了二十多年的公司一倒闭，他顿时觉得自己再也没有能力工作了，成天萎靡不振，也不出去找工作，窝在客厅的沙发上看电视。汤马斯太太把这一切看在眼里，在汤马斯失业半个月的时候，她跟汤马斯说：“从今天起，你要负责孩子们的早饭，还要打扫卫生，不要天天在家无所事事，这个家需要你！”

就因为这么一句话，汤马斯被深深地感动了，他按照太太的指示去做，发现自己原来是个无能的丈夫，连蛋糕也不会做。汤马斯太太一直鼓励他：“孩子们非常期待你帮他们做个大蛋糕，可不要让他们失望哦。”于是，汤马斯跟着太太学习做蛋糕，一直以为很困难的事却在一周之内便学会了，孩子们都说好吃，汤马斯太太说：“看吧，没什么跨越不了的困难，你还有我们呢！”

就是汤马斯太太左一句“需要你”右一句“你还有我们”，让汤马斯不再沮丧，从失业的灰色情绪中走了出来，重新回到社会中，哪怕是最底层的行业他也非常努力地做，因为这个世界总有一个人需要他。

每一个家庭就是每一个社会的组成单元，只有当家人需要你的时候，社会才会需要你。而你让家人需要的原动力，便是你付给家庭成员的关爱。

礼物

有的人你看了一辈子，却忽视一辈子；有的人一厢情愿了一辈子，却被你忽视一辈子，值得吗？

坎特公爵十五岁时，父母就因飞机事故而去了另一个世界，他一个人住在大宅子中，除了一个叫鲁思的女佣其他人都离开了他。鲁思比坎特公爵大五岁，从生下来就在坎特公爵家，所以虽然说是女佣，但其实坎特一家把她当女儿对待。开始坎特公爵想把她也遣散，但碍于她对坎特家的意义，才把她留了下来。

自从坎特公爵成为孤儿后，越来越多的家族来瓜分他的财产，这种事情一而再，再而三地重复，他的性格变得很古怪，每天怒火冲天，成为了一个古怪的人。直到五十岁了还是孤身一人，他交女朋友但不结婚，不只是因为女方都受不了他的脾气，更重要的是他认为所有女人都是为了他的钱才和他在一起。有时他甚至会对鲁思口出恶言："你一定指望我早点死，把遗产留给你，放心，我不会死在你前面，你就别做白日梦了！"这个时候鲁思一定会流下伤心的泪水，但她不会多说什么，因为她一路看坎特从年轻走到老，她是最了解他的人。

一年中也许只有一天他的性格最温柔，那天是他生日，因为这天他能收到来自天堂的礼物。每到他生日那天，快递会送来一份包装精美的礼物，附上的贺卡上总会写着：亲爱的儿子，祝你幸福！年年如此，从坎特失去父母的那一年直到现在。坎特公爵也怀疑过是有人要弄他，但渐渐地，他就希望这是真实的从天堂寄来的礼物。

坎特公爵又发脾气了，他对着鲁思大喊：“为什么这么多年你一直陪伴着我？而且一样孤身一人！？你是想我同情你给你一些财产吗？那你等到我死那天再说吧。不过你比我大，我想应该是你死得比我早！”说这话的这天，正是鲁思的生日，她头一次感到心痛，原来自己陪坎特这么多年，他依然认为她是为了他的钱财。五十五岁的鲁思收拾好行李，很少，就一个小箱子，她离开房子时坎特什么也没说，自顾自看着电视。等鲁思一出房门坎特就立刻跑到她的房间，“或许她拿了我家什么贵重的东西走了！”坎特这么想。

鲁思的房间很简单，二十多平方米一眼就看了个遍。突然，坎特看到床下面有一些包装袋，他好奇地把它们抽出来，旁边散落着一些贺卡，上面都写着同样的话语：“亲爱的儿子，祝你幸福！”坎特老泪纵横，什么都明白了，但鲁思已经离开，再也没有回来，她已经被伤到了极致。这一辈子唯一真爱坎特公爵的人被他自己错过了。

放空脑袋，仔细想想这一生是谁一直陪伴在你的身边，为你的喜悦而开怀，为你的悲伤而忧愁，为你的愤怒而烦恼。如果你身边存在这样一个人，请好好守护他，他将是你用一辈子也报答不了的关爱。

你最棒

在人们心灵最脆弱的时候，唯一关爱的方式就是不断地赞美他们，他们需要鼓励。

福特雷斯是个优秀的年轻人，凭借杰出的工作能力在三十岁便做了集团总经理，并有个美丽的妻子和可爱的女儿，他和他周围的人都认为他是个幸福的男人。但就在福特雷斯四十岁时，公司破产，他顿时降为草根阶级。这个人生当中最大的变故和挫折，使福特雷斯一夕之间变成终日无所事事的中年失业者，他感到万分沮丧。

在家休息一段时间之后，几乎将要失去人生斗志的福特雷斯在太太的不断鼓励下，同意出任当时亏损已久的空调公司的总经理。福特雷斯玩命地努力，借着以前集团的管理经验，终将空调公司起死回生，并取得了优异成绩。

在福特雷斯的采访中，他说过这么一句话，让全场人泪流满面："在我的生命被最最灰暗的日子笼罩的时候，只有我的妻儿陪伴着我渡过难关，每每妻子称赞我并肯定地说‘你最棒’时，我就会用最大的努力去工作，让他们重新得到美好的生活。我能够再次成功，是源于妻子的信任与鼓励！”

在生命的低谷，那个陪伴在你身边，不断给你关爱，告诉你“你最棒”的人，是你必须好好珍惜的人。错过了他，就没人可以替补了。

十年

我们总是不得不去体验人生中的残缺，其中的苦辣酸甜都是最珍贵的记忆。

他有才她有貌，他们俩曾经是全校最令人羡慕的一对。无数次的海誓山盟，他们说过了数以千计的白头偕老，仿佛那就是最浪漫的事。从中学到大学，他们从没分开过，直到大学毕业，他考上研究所去了外地，她在当地找了份白领的工作，他们约定他读完研究所就立刻结婚。

又是三年，他的研究所生涯结束，但依旧留在那个城市找了份不错的工作，于是他们继续约定，等他做了管理层买了房，再把她接过来结婚。她那年已经二十五岁了，追求她的男人很多，她都不放在眼里，却因为他变更了他的诺言而变得对未来恐惧起来。她想：在他做了管理层后，他是否还会有更多的梦想需要实现？那么他们约定的结婚不是越拖越久？！

于是，她去了他的城市，却看到他和一个花枝招展的女人手牵着手共同离开公司。那时她一阵眩晕，回家后把自己关在房中数日，告诉自己一定要忘记他。一年后，她结婚了，又一年后，她生了对双胞胎，她的生活顿时充实和忙碌了起来，她俨然成了一个幸福的小妇人。

在孩子五岁时，她收到了他的电话，电话那头的他笑着邀请她共餐，原来他回来了。她左思右想，最终还是决定去见他，不过要带上自己的孩子，因为她怕自己见到他后会胡思乱想，所以让小孩提醒自己现在已嫁给他人，与他只是朋友关系罢了。再见他时，他的身边坐着那个花枝招展的女人，他变得成熟而稳重，每一句话每一个动作都与她保持着距离。

十年，整整十年，他和她都不再是以前的他们了，物是人非，但她依然很高兴他还记得自己，还有机会与他共餐，这样就够了，真的，这样就够了。她看着自己两个孩子吃得满嘴奶油傻乎乎的模样，突然就笑了起来，他看到她笑也便笑了。时光仿佛停止在了那一刻，他们都回到了纯真年代。

在正确的时间认识正确的人白头偕老，这是所有人的梦想，却不能实现。贪心的人永远找不到正确的人，只有心存满足的人才能寻找到正确的人，哪怕那人不是自己的另一半，但只要是有缘的，都该珍惜和守护。

毒药

世上没有毒药能根除掉怨恨，唯有爱。

艾丽斯非常痛恨她的后妈，虽然后妈待她如同亲生女儿，但她总想这是个狐狸精，如果没有她，父母还是会在一起的。并且书中的后妈都是开始好，最后有了自己的孩子就会变成世上最恶毒的女人。今年后妈就怀上了孩子，艾丽斯想现在必须救自己，于是来到药店，对店员说她需要堕胎药。店员非常惊讶，这么一个十二三岁的女孩就要堕胎？好心的店员把艾丽斯带进小房间，坐下，问她是怎么回事。艾丽斯说："我需要一剂毒药给我的后妈打胎。"了解了来龙去脉的店员想了一会儿，最后说："我可以帮你，但你必须听我的话，按照我讲的去做。"艾丽斯说："我会遵照你说的每一个字去做。"

店员给了艾丽斯一瓶白色粉状的药，并告诉她："堕胎不能心急，需要毒药在身体里慢慢培植，每天放少量在她喝的水中。我告诉你哦，为了让大家不怀疑到你，你一定要听我的。从现在开始不要同你后妈争吵，对她言听计从，对待她像对待你真正的母亲，这样堕胎了谁也怀疑不到你。”

几个星期过去了，几个月过去了，艾丽斯控制自己的脾气，对待后妈就像对待自己的亲生妈妈一样，再也没同后妈发生争吵的情况。后妈在她眼中，也比以前和善得多，容易相处得多了。后妈也不住地向邻里街坊和亲戚朋友夸艾丽斯，说她是最美丽最善良最可爱的女儿。

艾丽斯又去找店员，说：“请帮我制止那些毒药的毒性，我的后妈已经变成一个好女人。我爱她像爱自己的母亲一样。我不想她堕胎。”店员点头微笑：“尽管放心好了，我从来没有给你什么毒药。我给你的不过是些珍珠粉，对她身体好着呢。其实，唯一的毒药在你的心里，在你对待她的态度里。但值得庆幸的是，那已经被你给她的爱冲洗得无影无踪了。”

有时候真心的付出不一定会有人接受，但只要你用一片关爱之心持之以恒地努力，就一定会被他人认同，并得到更多的爱的回报。

第五辑

最伟大的幸福，与他人分享

当你学会关爱他人、关爱社会、关爱梦想……的时候，你也就拥有了全世界最伟大的幸福，与他人分享吧，你就是全世界最幸福的。

一辈子的爱

人无完人，做的错事只要及时补救，也会变成好事。

在张太太六十大寿的时候，她拿出了一个珍藏多年却从没给人见过的小红盒子，并说出了一个伟大的爱情故事。

张太太爱上张先生的时候，张先生只是一个穷小子，在一家化工厂做工人，张太太家人十分反对他们交往，就阻止他们见面。但张太太一心一意只想与张先生好，就通过各种方法与张先生保持联系，如托朋友给张先生带信，偷溜出门瞒着家人与张先生见面，如此一个多月就被家人发现了。那时正是张太太考大学的关键时期，父亲决定把张太太送到英国留学。

因为家人管得严，张太太无论如何也不能把出国的事告诉张先生，在她非常苦恼的时候张先生却上门来找她了。张先生对张太太的家人保证只说五分钟的话，见了面，他从怀中拿出了那个红盒子，里面装有一个正翻滚着黄色液体的瓶子。张太太看张先生正拧动着瓶盖，她吓得脸都白了。那里面一定是农药！张太太第一反应就想到张先生因为自己的离开非常难过，所以选择喝农药自杀。她不顾危险一把抢下了瓶子，并对张先生说："我出国不过三年，三年后一定回来！你要在这三年努力提高自己，回国后我还和你在一起！"

三年后，张太太回国，张先生也取得了大学文凭，两人坚贞的爱情感动了张太太的家人，有情人终成眷属，红盒子里面的瓶子也变成了张太太爱的纪念品。在张太太六十大寿的今天，她把红盒子送给了孙女和孙女婿，让他们通过自己的故事知道爱情的力量，并守护爱情。

两年后，张太太去世了。又过了一年，张先生也得了重病，眼看生命垂危，他把孙女叫到病床前，说："你们把红盒子扔掉吧，扔得远远的。"孙女不解，张先生继续说："你知道瓶子里是什么吗？那不是农药，那是一瓶硫酸，浓硫酸！"原来，当初张先生知道张太太要出国的消息，异常伤心和恼怒，认定她已经爱上了别人才想远离自己，于是带上硫酸想与她同归于尽。谁知道，这个瓶子却变成了张太太的爱情见证，张先生一辈子都努力对张太太更好，这个秘密一直压在心头直到现在才说出来。孙女听后没有任何指责，她只是抱住张先生，说："爷爷，您是世界上最懂爱的人。"

张太太一辈子的秘密中，还套着一个更大的秘密，这个秘密张先生一辈子都守口如瓶，因为他要保护这份爱。只要心中有爱，连维纳斯都会原谅你为了爱所犯的错误，你自私的举动留在别人心中的也许是最完美的爱的表示。

小提琴曲

虽然不同的家庭有不同的教育方式，但，在爸爸的天平上，你最重要。

从费兰斯十二岁那年起，每到过生日那天，总会有一个人在她的窗边拉奏同一首小提琴曲。那是一首充满了爱的曲子，每个节奏每个音符都诠释着温暖。而费兰斯从没听过这首歌，她曾努力记住曲子然后到各大音像店去哼给店员听，试图寻找到这首陪伴她度过一个又一个生日的曲子，但，全都是徒劳，谁也没听过所以谁也不知道。渐渐地，费兰斯就放弃了寻找，她告诉自己，这是一首专属于她的歌曲。

费兰斯只把这个秘密告诉了她唯一的黑人朋友朱德亚。在放学后，两个女孩经常一起来到花园，躺在草坪任最后的阳光细细密密地洒在她们身上。费兰斯会轻轻哼着那个曲子，然后两人沉浸在奇思妙想中。因为费兰斯是由妈妈一手带大的，从小没有父爱，所以朱德亚认为这首小提琴曲是她的邻居送给她和她母亲的礼物，大家都祝福费兰斯和她母亲幸福。而费兰斯却不这么想，青春期的她多么希望是她喜欢的那个男孩，或者哪个钟情于她，她却并不知晓的男孩送给她的。

在费兰斯十八岁生日那天，窗外下起了很大的雨，大雨点儿拼命敲打着窗棂，费兰斯心情很沮丧，她想那个拉小提琴的一定不会来了。她沉闷地吃完蛋糕就回房准备睡觉，却听到音乐响起，费兰斯一时激动得流下了眼泪。她立刻换好衣服，拿了把伞跑出房间，今天她无论如何要知道那个专为她演奏的是谁。

在屋檐下，一个瘦高个的中年男子用深情的微笑注视着费兰斯，那笑容中包含了许多，有爱有痛。在费兰斯盯着男人看了没多久，母亲也拿了一把伞推开门出来，走到男子身边，挽着他的手对费兰斯说："这是你的爸爸。"原来，费兰斯的父亲因为年轻时犯了罪被送进了监狱，直到费兰斯十二岁那年才被放出，他不敢见费兰斯，怕给她的生命带来污点，于是他便用小提琴给费兰斯作了一首曲子，就这样在费兰斯每个生日的时候，默默为她演奏。他认为，这样就很好了。

没有任何爱能超越父母对子女的爱，他们愿意承受我们所有的罪过，却不愿我们分担他们任何一点痛苦。爱是可以跨越时空界限的唯一的一种表达方式，无论时间空间如何将我们阻隔，只要心存关爱，那么就算有再多艰难险阻，也不会妨碍你把这份关爱送出去，这便是爱的力量。

孤儿彼得

宽容是上帝送给人们最温暖的礼物。

彼得是个孤儿，在他十一岁的时候被舍费尔夫妇收养。舍费尔夫妇有一个七岁大的儿子多蒙纳，他体弱多病，没人喜欢和他在一起，收养彼得也就是想给多蒙纳找个玩伴。彼得很清楚自己的定位，他从没向上帝抱怨过，自己为什么不能像其他孤儿一样有个属于自己的家。彼得陪多蒙纳一起学习一起玩，很快两人成了形影不离的朋友，多蒙纳也把彼得当作了最亲密的人。而懂事的彼得除了陪多蒙纳，还帮舍费尔夫人忙里忙外，立刻成了街坊邻居们赞赏的对象，他们一致认为舍费尔夫妇收养彼得是最明智的选择。

但一个突然发生的事改变了大家对彼得的看法，他瞬间从天使变成了恶魔。彼得带多蒙纳去湖边玩水，多蒙纳不敢下水，彼得就抱着他来到水中央，水刚刚没过多蒙纳的头。多蒙纳紧张，脚下一滑就跌进了水中，彼得连忙潜下水去拉住了多蒙纳。但他的游泳技术也不高，并且也没受过专业的救人训练，所以多蒙纳从他身上滑落，再也没有浮上来。等多蒙纳被打捞上来时已经是一具尸体，舍费尔夫人大哭不止，邻居们都指责彼得，说舍费尔夫妇一家对他那么好，他竟然把多蒙纳淹死，太不应该了。甚至有人还说这是彼得故意的，因为他嫉妒所有幸福的孩子。彼得闭紧嘴，什么也没说。

就这样一直到多蒙纳下葬，咒骂声总在彼得身边此起彼伏。在多蒙纳下葬后的第三天，舍费尔夫妇带着彼得来到教堂，面对所有的邻居。大家以为他们是准备把彼得归还孤儿院了，都表示赞同，却不曾想到舍费尔先生大声宣布："从今天起，彼得有全名了，叫彼得·舍费尔。没错，他是我们的儿子了！"彼得自己都没想到舍费尔夫妇会说出这么一番话，他们用宽容的心接纳了彼得，彼得的眼泪立刻夺眶而出。

对于别人的无心之过，不应该一味地指责，而应该先了解为何他会犯这个错误，如果他是好心办坏事，为何不能原谅他并给他得到宽恕的机会呢？

信任

信任同钻石一样坚韧，不同的是，钻石可以购买，而信任却即使千万亿万，也买不来。

上学时，博德就是班上公认的“傻瓜”，别人找他借文具借生活用品他都会借，而如果过了很久都没还，他都不去催人家，他会说：“也许他真的缺这些东西吧，要不然谁愿意自己不讲诚信呢！”有同学要借钱，博德慷慨解囊的结果大都也是肉包子打狗——有去无回。沿街乞讨的老人小孩也总是让博德唏嘘不已，并从没怀疑过真伪，就掏口袋给他们身上仅有的零钱。

吃一堑，长一智，上当受骗多了，任谁都会多了心眼，唯独博德，居然一次次踏进同一条河里，而且一直到工作后他还是这样相信别人，所以大家都叫他“傻瓜”。买了件新西装自己都还没机会穿，就被同事借去泡女孩，等物归原主时上面被烟头烫了两处，同事说会还他一件，他笑着说“还能穿的，不用破费了”。正因为他这种老好人的性格，使得他身边总是围满了朋友，他很高兴有这么多人需要他，同样，他也很信任他们对他的友谊。

一天下班，博德和同事准备去吃饭时，看到街边坐着一对衣衫褴褛的老人，他们前面放着一张白纸，上面写着他们来这里寻找他们的儿子，却被歹徒抢劫，现在已经三天没吃饭了，希望大家能给个饭钱。同事们都没有理睬这对老人，博德看到他们却非常难过，并想到了自己的父母，如果他们也来这里找他，也同样被歹徒抢劫，那是多么悲惨的事情。于是他把身上仅有的一百五十美元都给了老人，同事们一口咬定两个老人百分之百是骗子，还言之凿凿，说报刊电视上，这种行骗方式已是公开的秘密，博德没听他们的，还拿出笔把自己的联系方式告诉老人，要他们有事时一定要找他帮忙。两个老人感动得痛哭流涕。

第二天，公司同事，从领导到清洁员看到博德就笑，那是一种讥笑，博德在他们心目中已经是个彻底的傻瓜了。博德不去理睬他们，他想他给老人的钱只是借给同事有去无回的钱的百分之一，况且人家是真的需要钱，他没觉得自己傻。中午下班之前董事长把他叫到办公室，同事们都在想，他只是一个基础员工，董事长召见有什么事呢？董事长微笑着请他坐下，说："我盛情邀请你参股我的公司，从今天起，我们公司30%的股份属于你。"博德和同事们都惊讶不已。原来，那对老人是拥有十多家企业的富翁，他们化装成乞丐在街上待了四天，没有任何人对他们伸出援手，只有博德不顾别人的阻拦，硬是相信他们，他们被博德美好的内心所感动。而博德所在的公司也是他们投资成立的，所以博德一夜之间变成了巨富，那些天天说他傻瓜的同事彻底傻了眼。

如果每做一件事都考虑是否对自己有利，而不去想别人是否真的需要帮助，那么你将一辈子平庸。在自己有能力和条件的情况之下，用爱心做一些力所能及的事，不用去在乎他人的眼光，因为你做得对，上帝知道就够了。

第一先生

如果一个错误可以把你变成天使，那错误便是上帝送给你的礼物。

所有见过怀特先生的人，包括只有过一面之缘的都称赞他是他们见过的最善良和富有爱心的人。大家提出的要求，只要是他力所能及的，他都会答应下来，并且挤出时间去完成，而且还是高质量地完成。于是，这个人需要找工作，那个人心里有烦恼，都找到怀特。一传十，十传百，他获得小区中第一先生的称号。

当大家把这个荣誉奖给他时，他坚决不肯接受，并热泪盈眶地说出了一个埋藏在他心里半辈子的秘密。在怀特十岁的时候，曾经有个人需要他的帮助，而他并没有做出任何举动。那是个同性恋者，在以前的美国，人们都对同性恋者极其反感，如发现谁是同性恋者就会加以拳打脚踢，或者避而不见对其唾弃。怀特就见到这个同性恋者被十几个男孩子围着毒打，那个同性恋者怀特是认识的，就住在他家隔壁，是个有着金黄色头发、面部清秀的男人。男人在人群的缝隙中看到了怀特，就用生命最后的力气大声呼喊他的名字，希望他报警。而怀特因为害怕，听到他叫自己名字便跑掉了。

之后，那个男人的死讯传到怀特耳中，他是自杀死的，死前留下一封遗书，说自己对这个世界充满了绝望。怀特脑中总回荡着男人凄惨的声音，他把自己关在房子中闷闷地哭了几天。只因为自己没有帮忙就导致一个人死亡，这是个让怀特一辈子都难以磨灭的记忆，并成为了他的梦魇。于是他就开始尽全力帮助别人，他想无论帮助多少人都不可能弥补自己十岁时的过失。

有时候，并不是因为你缺乏关爱精神，而是身不由己，请不要指责自己，从现在开始为他人做力所能及的事，你就是个充满关爱精神的人了。

阿勾和阿珊

平凡的人生平凡的故事，不外乎柴米油盐，但我们真的沉浸其中，就得到幸福了吗？

前几年做销售的利润高，阿勾走了这条路，说来他还真有两手，干这活，一年有了手机，两年有了小车，三年就有了阿珊。自从在卡拉OK厅里遇上阿珊，“就像那旱天下了一场雨”—— 罗密欧遇上了朱丽叶。阿勾与阿珊以百米赛跑的速度跑完了恋爱期，又以迅雷不及掩耳之势拿下了考验期和同居时代。那时手头宽，日子也好过。之后又像吮吸蜜似的用完了蜜月桥段，进入夫妻厮守阶段。

做销售时，作息时间由自己制订。比如睡觉，常常睡到早上九、十点钟也无所谓。只有到了阿珊不断翻身，拍打阿勾，“你想不想吃早饭呀，茶餐厅的早餐供应快完了！”这时，阿勾才不得不结束睡梦这雷打不动的功课，容不得他迟疑，只得告别甜梦。很快，备足早饭送到家，那边阿珊离上班时间只有不多的几分钟了，估计豆浆还是烫的："阿勾，你不能把豆浆给我吹一吹？真不知为我着想！"阿勾吹起了豆浆，只是分针还是不理解阿珊的紧迫，一个劲地向前奔着，时间更少了。

"帮帮忙，你现在还在叠被子？把豆浆端出来不好吗？"阿勾一手端着豆浆，一手拿着包子，立着像上早朝。这也不能怪阿珊，同住的时候他们就有约法三章。成家后男女平等，家务事一半对一半，瞎子不沾秃头的光。举例来说，阿勾负责烧饭，阿珊负责洗衣；阿勾负责拖地，阿珊负责擦家具；阿勾洗锅刷碗，阿珊负责倒茶送水……这早饭，本就是阿勾分内的事。

大方向定死了，有些事具体操作细节分工不分家。以那天洗衣为例，屋里先发出低音："阿勾，把换下的衣裳甩进洗衣机去。"接着，她做第二道工序，"洗衣粉倒了没？"再跟上女中音，"还等什么，放水！"

"到底是你洗还是我洗？！"阿勾反抗。"叫你做点事就怄气，抽筋了？伤筋骨了？没事就别大喊大叫。当初是谁说'我一颗心为你燃烧'，你说愿做一只小羊，跟在我身后。你骗人，你是骗子！你好狠，好狠心！"

不是每个故事都有圆满的结局，你所做的所想的所经历的，不一定都是对的。但只要经历过，便是人生最宝贵的回忆，不是吗？

时间之手

只有真正为了别人而付出的人，才是最值得尊敬的。

朱特大叔已经四十岁了，俗话说男人四十正当年，而朱特大叔已经感到时间之手正在他身上轻柔地抚摸，时间就这样迅速地被带走。有时候朱特大叔走在路上都会突然感到哀伤，他满脑子都是这一辈子最舍不得的三个人，他们分别是：母亲、妻子和儿子。他想，他要把时间之手未曾抚摸到的时间全部用在他们身上，于是他为他们做了一份算术。

母亲=100。朱特大叔的家在台北，他多次想把在老家孤身一人的母亲接过来，但是母亲执意不肯，她不愿意重新接触新的环境，并且让朱特不要因为她的关系，而放弃现在的好工作来陪她。母亲的年纪很大了，朱特大叔大致估算了一下，如果今后每年回去两次，陪母亲5天，今生能陪母亲的时间也不会超过100天。想想母亲为他操劳了一辈子，他今生却还只有100天的时间来陪母亲，并且在这100天的时间里，他无非是陪母亲说说话罢了，朱特大叔就会非常伤感。

妻子=500。朱特大叔的妻子喜欢逛商场，周末总想到商场里转转，有时并不是购物，只是在找一份快乐的心情。而朱特就怕商场里的闹，所以，妻子即使用为他购买衣物的理由诱他陪逛商场，他大多也是不理不睬。而现在的朱特大叔想：我今年已经四十岁了，还有十年就成了准老人，那时的妻子想必也没有了逛商场的那份心情与快乐。这十年中，按每年五十个周末算，妻子最多还有500个逛商场的快乐心情，今生如果不再陪她一起享受这些快乐，也许悔之晚矣。

儿子=160。儿子现在高中，再有两年就上大学了，然后四年大学过后就留在上大学的城市找工作，结婚生子，和朱特大叔的一辈子应该没什么不同。而那时的朱特大叔就像母亲一样，开始向老年行列迈进，也就是说，他一生中最多也只剩下两年时间陪儿子去郊游。按一年的两个假期（暑假和寒假）八十天计算，一天陪儿子玩一次，一年是八十次，两年也只不过有160次。想想今生也许只能再陪儿子开心地度假160次，玩一次就少一次了，于是每次他都很用心地陪儿子，让儿子尽量地开心些。

当时间之手开始轻轻抚摸你的时候，你可曾捡回那些被你耽误掉的时间？不要因为时间流逝得太快而放弃去回顾那些时间，上帝告诉我们，一切从现在开始，都不晚。

送给你

记得别人对你的爱，用更多的爱去回报，这才是感恩的真谛。

斯诺德指着橱窗里那件很精美的盒子对店主说：“就一个月，一个月之内请不要卖掉它，我会把它买下来。”十一岁的斯诺德并没有多少积蓄，为了买那件他想要的东西，他在一家快餐店洗起了盘子，因为是临时工，而且他每天放学才过来，所以老板对他吝啬得很。但斯诺德并不在意，无论给多少钱他都不在意，只要足够买得起那件精美的礼品就好。

斯诺德的妈妈并不知道他打工的事，还以为是学校功课繁忙。看孩子每天都累得东倒西歪地回家，妈妈感到这样的教育方式不行，会把孩子累垮的，就给斯诺德的班主任瑞丽德纳老师打电话说明了情况。瑞丽德纳很惊讶地回答斯诺德的妈妈，说斯诺德每天都准时回家，学校并没有安排什么额外课程。接着，老师还说了一些斯诺德最近的表现，如上课总是打瞌睡，最近有一次数学随堂考试，他的成绩竟然退步了很多。妈妈要老师对斯诺德严厉些，她想斯诺德肯定是这段时间结交了不好的朋友，才每天都出去玩。

瑞丽德纳老师也是这么认为，于是在课间把斯诺德叫到办公室，当着所有老师的面批评他。斯诺德想说什么，但抿抿嘴把想说的话都吞了下去。瑞丽德纳老师是斯诺德最尊重的老师，不仅因为她是个好老师，更重要的是瑞丽德纳曾只身一人营救落水的斯诺德，斯诺德的妈妈教育斯诺德要一辈子记得老师，并报答她的救命之恩。瑞丽德纳老师最后严厉地说："你如果还是恶习不改，天天瞒着家长老师出去玩，还影响成绩，我将不会再认你这个学生！"这句话的分量十分重，斯诺德听后心情十分沉重，几乎想立刻辞掉工作，不再去想那个精美的礼物。

但当斯诺德经过精品店看到那个盒子依然摆放在橱窗时，他又鼓足了劲去快餐店打工。转眼又过了半个月，斯诺德的钱足够买得起礼物了，他很高兴地把盒子捂在胸口，这是他第一次自己赚钱买礼物。回到家，就见到瑞丽德纳老师和妈妈正坐在客厅，板着脸等他回来。"斯诺德，你已经不是我以前认识的你了！"老师说，"现在的你喜欢欺骗家长和老师，上课也不专心听讲，成绩一落千丈，告诉我，究竟有什么事发生在你身上！"斯诺德摇头说："请相信我并不想这样做。""但你却这么做了！我很难过你是我的学生。"听到这儿，斯诺德流下了眼泪，愤愤地拿出盒子，塞进老师手中，说："送给你，提前祝你教师节快乐！"然后就跑上楼去了。

瑞丽德纳打开盒子，里面放着一枚银白色的胸针，上面写着"母亲"两个字，泪水，同样模糊了她的双眼，除了结婚戒指，她从没有一样如此精美的首饰。原来，她错怪了斯诺德。

用心去观察身边那个漏洞百出的人，他正在用一种粗糙的方法来表达对你的关爱，所以不要忽略或者责备那些爱你们的人，他们只是不会表达，但是却在真真正正地做着。

童话

谁都不是独自生活在这个世界，在你孤独的时候，请环顾四周，那些关心你的人一直在你身边，不曾离开。

艾西是个普通得不能再普通的女孩，长相一般，上普通的大学念书，两点一线的生活，这样的女孩在路上很容易埋没在人群中。幸运的是，艾西比别的女孩更了解自己的平凡，所以她从不做灰姑娘的梦，她知道童话里都是骗人的。所以她从不参加舞会，无论是学校还是班级举办的，她知道自己去了只会坐在一旁孤零零的，根本不会有人注意到她。

这一切，都被她的好友莉莉看在眼里，她知道艾西有严重的自卑情绪，一直在想办法帮助她。直到有次全班最帅的男生凯文过生日举办舞会，艾西终于被莉莉拉着参加了，全班没有一个女孩不偷偷“暗恋”着凯文，包括艾西。舞会上，艾西果然一个人坐在一旁喝着饮料无聊地看着舞场上欢愉的大家，盘算着何时悄悄地离开。

这时三层高的生日蛋糕被推进舞场，凯文开始动刀切蛋糕，只见他在众目睽睽下将第一块蛋糕送到了艾西的手上，令所有女生都大吃一惊，更让艾西瞠目结舌，她根本没奢望过凯文会注意到她，更何况是亲自把第一块蛋糕送到自己手中。“是……是给我的？”艾西端着盛蛋糕的盘子问，她生怕这是个恶意的玩笑。凯文阳光般地露出一排洁白的牙齿，说：“嘿嘿，就是给你的！”

蛋糕下面还压着一张卡片，艾西抽出卡片后注意到身边女孩子的表情，有的好奇、有的不信、有的羡慕、有的嫉妒。凯文催促她大声念出来，她低下头，脸红成一片，念道：“愿所有朋友和我一样开心！”接着大家就鼓起掌，艾西赶忙将卡片收好怕别人看见。只有她和凯文知道，卡片上面写的是：愿你，我亲爱的艾西，和我一样开心！艾西的生活随着那一夜发生了巨大的改变。她放开了自我，快乐地融入集体，赢得了属于她的友谊和爱情，丑小鸭变成了天鹅。

在很多年以后的一次同学聚会上，艾西和凯文已成为夫妻共同出席，大家还在对那次凯文的精心安排津津乐道，凯文却张大了嘴，对着艾西说：“你也如同所有人一样，一直以为是我安排的吗？”“那是谁安排的？”“是莉莉安排的，她希望你能更开心！”

朋友是除了亲人之外，这个世上唯一关爱着你的人。那些为他人付出关爱的人，将会得到他人的爱与尊重。

秘密

爱，是需要引导的，也只有拥有温暖的人才能感受到他人的温暖。

安诺伊德的母亲死了，是在下班回家的路上被车撞死的。而安诺伊德却并不知情，此刻的他要准备联考，父亲和他的班主任告诉所有知道此事的人，一定要保守这个秘密，他们准备在安诺伊德联考结束后再告诉他。

当晚，父亲便对安诺伊德说母亲出差去了外国，需要一段时间才能回来。而班主任逐个给班上的同学还有其他老师电话，叮嘱他们不能让安诺伊德知道这个残忍的消息，连只言片语也不能提到。没过几天，安诺伊德就感觉到了有什么事情正在发生，因为无论他走到哪儿，大家都立刻停止说话，并对他保持微笑，显出亲切的样子，连一直以来总与他为敌的同学也突然变得不再讨厌。回到家，经常会撞到父亲红着眼睛的模样，他问怎么了，父亲说：劳累过度，结膜炎。

联考的压力让安诺伊德不能多想，他的家庭贫困，父母都很努力地工作供他上学，都为他存好了大学的学费，一门心思盼望他能上大学。所以他在最后的日子没日没夜地学习，在考场上高水平发挥，考试结束，班主任和三个他最亲密的同学在考场外面等他，说："安诺伊德，现在我们要去一个地方，你父亲正在那里等着你。"这是个准备仓促的计划，大家都不知道该如何对安诺伊德说，但又不得不说。

只见安诺伊德不说话，也不跟班主任他们走，他只是问："我想回家，我太累了，你们帮我把爸爸也喊回来吧……"他真的太疲倦了，需要好好休息，班主任含着眼泪看着他自己叫了辆TAXI离开。父亲匆忙地回到家，发现安诺伊德面对门跪在地上，父亲立刻去拉他，他纹丝不动。"我亲爱的儿子，你这是怎么了？""妈妈……妈妈已经不在了，离开我们了，是吗？"原来安诺伊德早已感到母亲出了事故，他一直压抑着悲伤的心情迎接联考，不只因为父母对他的期盼，更重要的，他发现了天大的秘密：他身边所有的人，都是如此爱着他，为他守护着幸福。安诺伊德说："现在的我很悲伤，但是等我恢复平静的时候，爸爸您一定要帮我把所有的同学召集起来，开个简单的Party，我想好好地感谢他们，他们都是上帝派给我的天使！"

生命的流逝是必然的过程，被人爱护的时光比白白失去的时光值得珍惜，所以珍惜眼前人，是你现在最重要的事情。

乡里来的表姐

生活就是这样，当你在为别人行善时也在为自己储蓄幸福。

埃文痛恨生活在一个大家庭中，尤其是生活在这样一个人人都显得非常冷漠的大家庭中。如果真有上帝，他一定会祈求让自己不要有那么多的叔叔和姑姑，他更愿意选择母亲家，因为母亲只有一个哥哥，家庭结构很单纯，人也很亲切。其实家庭本来不是这么冷漠的，但自从奶奶去世、爷爷重病后，大家为了财产的问题各怀鬼胎，突然，大家就变成了“陌生人”，处处钩心斗角。

这年，表姐来到了埃文的家中过暑假，她梳着长而粗的大辫子，穿一身黄色的连衣裙，典型的乡下女孩的打扮。埃文带着她见了所有的亲戚，她对谁都报以淳朴且善意的微笑，大家在其中看不到任何杂念，每个人都喜欢上这个女孩。表姐说：“在我们那儿，每周都要举行派对，不知道你们这边是否有这个习俗，我们这周就举办一个派对吧！”说做就做，表姐到超市买了满满一冰箱的菜，大家在周末聚集到埃文家，看到一桌子的菜时，惊讶地对表姐说："都是你一个人做的？"表姐依然微笑，说："做得不好，多见谅啊！"大家本以为这句是谦虚的话，没想到看似美味的菜肴吃起来不是这个盐放多了就是那个没放酱油，没吃几口几个姑姑就七嘴八舌起来，在表姐耳边东一句西一句，表姐都耐心地听着，并说："我们下周还要举行一个派对，到时候就要姑姑你们教教我做菜啦。"她的话才说完，大伯就大声宣布："那下周的派对在我们家举行吧！"大家都表示同意。

到了第二周，埃文的几个姑姑合作做了一桌诱人的菜肴，正准备开餐前，表姐叫大家先别吃，她要为大家唱一首歌庆祝。大家说庆祝什么，她笑着说："庆祝我在你们这儿待了两个星期！"大家坐在位子上鼓掌欢迎她唱了一首《莎啦啦》，她还跳起舞来。头两句她唱得还可以，后面就跑调了，而且跑调得严重。好不容易等到她唱完，三叔把二叔从座位上拉起来，说："哥，你唱一首让这小女孩听听，什么才是音乐！"二叔从小就是歌舞团的一员，所以他的歌声一直都是埃文家族的骄傲。对此，表姐一点也不觉得难过，事实上，当她看到大家都沉醉在二叔那美妙的歌声中时，朴实的眼睛里闪烁着喜悦、欣慰的光芒。饭后，表姐张罗着要帮大家收拾餐具和打扫卫生，催促大家到一旁去休息。"噢，不！"大婶叫了出来。大家都知道她是个热心有余、能力不够的姑娘，就把她推到一边，几个女人嘻嘻哈哈地边说边做起事来。

如此，每周一次派对的习俗在埃文家流传了下来，大家轮换着请客。在表姐即将离开前的周末，轮到埃文家请客，表姐强烈要求这次还是由她来做。父母拗不过她，虽然她要父母放心这次会做得很好，但有了第一次的经历，埃文的母亲是说什么也不再相信她，于是在她做饭的时候去饭店又订了几个菜，她想就算表姐做得不好，还有可以吃的。没想到表姐真的做出了一桌美味佳肴，受到大家夸奖。饭后她拿出一个口琴，保持微笑给大家吹了一首家乡的民谣。这简直太令人难以置信了，在此之前，埃文还从来没有听到过哪一首歌被演绎得如此美妙、如此动听。

表姐回家乡去了，埃文家也恢复了以前和睦团结的生活，谁的心中都充满了温暖，并经常会问：表姐什么时候再来呢？

没有什么是改变不了的，只要你心中充满温暖，就能让别人感受到。用你的智慧去带给别人幸福和关爱吧，当别人因为你而改变时，你也获得了他人的爱。

笑恋那夏

只有心中充满爱的人，才知道如何用生命带给别人爱。

他轻轻地对我笑，笑得我心痛了起来。风很大，吹得站在顶楼的我们都像要飘起来似的。从没想过他会对我笑，而且笑得这么亲切。也从没想过他会离我这么近，记忆中一直都是我一个人在班级的窗口遥遥看着球场上的他。

他离我那么那么远，以为永远不会被注意。其实也没人注意过我。自己一直都是这么孤单，身边所有的人都在忙自己的事，单调无趣的自己总会被忽略。这三年，我的眼中只有他，就这样远远地远远地看着他……

三年何其长，又何其短。怎么一晃就过去了？还没好好地把他存在记忆中呢。云总是那么地淡，和他低垂的眉毛一样，像要把我的精神给散开似的。原来自己爱得这么痛苦。

这个夏天我们将分别，我会乘上飞机飞向遥远的国度，而他将继续在这里把大学读完。我们的距离越来越远了，也许他不久就会忘记我。会吗?

拉着我的手的他一直对我微微笑着，笑得连这风都为我们送来清凉。时间好似静止，炎热也不复存在。原来告白是这么地心酸，眼泪不觉在眼眶中打晃。

他对上了我的额头，用最美好的声音一遍遍轻呼我的名字。毕业了，对他的相思也将过去。此刻的记忆会永远存在我的心底，在多年后的某一天，当我再想起我的高中，想起我心酸的单恋，也许会觉得无比甜蜜。

世界待我如此宽裕，让我在茫茫人海中遇见了他。

我们不断地遇见过客，不断地成为过客，有些感情还没来得及细细品味就立刻消散，所以，该珍惜的时候一定要每时每刻地珍惜，幸福就在你的掌握之中。

少年

有时你的一个眼神一个动作一句贴心的话语，就能救活一个人，所以你要充满关爱之心。

那晚，父亲跟着莱卡迪斯走了很远很远，他先是听见莱卡迪斯推门出去的声音，然后起床发现已经一点钟，带着心中的疑惑他跟上儿子，看他去做什么事。莱卡迪斯是个有着白皙脸庞和金黄色头发的少年，他的眉和眼都很长，一副忧郁的模样。父亲跟着他走出了家，走出了住宅区，来到一个池塘边，一片黑暗中只有昏黄的路灯发出微弱的光。

莱卡迪斯呆呆地坐着看一池湖水，父亲盯了半个小时终于忍不住来到他身边，说："这么晚出来就为了看湖吗？把衣服披上别着凉了。"说着就把自己的外套脱下来披在儿子身上。"我只是出来散散步，并且想一个人静静地思考一些问题。"莱卡迪斯虽然这么说，但他明显一脸的困惑，父亲于是在他旁边坐下，就开始聊了起来。

今晚的莱卡迪斯比平时更显得忧郁，但他还是向父亲敞开了心扉，谈了谈关于人生的看法，以及最近遇到的挫折。他的内心充满了担心和疑虑，确实需要找个人倾吐。莱卡迪斯谈到了刚和他分手的女朋友，也谈到了他在学校是多么不合群，学习成绩也差。他说他想成为一名艺术家，但却害怕自己根本无法实现这个愿望，所以从没对父亲说过。最后，他还说到了活着的话题，觉得人活在世上就是为了吃苦，那为什么还要辛苦地活着呢。

父亲耐心地倾听着儿子的诉说，不知不觉，太阳已经渐渐露出了头，两人都打起了呵欠，就勾肩搭背地回家睡觉去了。从那天晚上之后，父亲经常抽空找莱卡迪斯谈话，也对他说了一些自己的故事和对生命的看法，他们父子从没像如今这样亲密。父亲介绍了许多艺术家朋友给莱卡迪斯认识，莱卡迪斯兴奋地与他们交流，并从他们那儿学到很多。一年后，莱卡迪斯考上了大学的艺术系，父亲为了庆祝开了场小型的家庭酒会。

那天晚上，莱卡迪斯喝得酩酊大醉，他紧紧抱住父亲，在父亲耳边说："我真的非常非常感谢那天晚上您陪着我，如果没有您，我想我可能就跳进湖水中，与您永别了。是您陪我渡过了难关，我知道，今后我还会遇到很多困难，但是，我也知道我一定能够战胜它们！"莱卡迪斯自以为自己声音很小，却不知参加酒会的嘉宾都听得清清楚楚，大家都被他一席话感动得一塌糊涂。父亲重重地在儿子屁股上拍了一下说："好小子，终于成为一个男人了！"

不要忽略你所关爱的人，他们或许正在忧伤正在烦恼，只有你才能为他们解决这一切痛苦。不需要你多说什么多做什么，只要你能陪他们坐一会儿，就一会儿，他们的世界将变得温暖。

未署名

用智慧去对待那些犯错的人，使他们改正错误并做到更好，这就是关爱的力量。

杰米是孤儿院中最调皮的孩子，他不像其他孤儿一样安静守本分，好好学习，等待被一个好的家庭收养。杰米不爱学习，好斗的性格使得他成天逃课到外面打架，他成了孤儿院的污点。那次，杰米和外面的小混混一起，仅为了抢到一百多美元他们就用刀子把别人捅伤了。从警察局出来后汤丽老师找他谈话，说：“像你这样的小孩，会有人要吗？！你就等着流落街头要饭去吧！”这句话是对孤儿院的孩子们最严厉的批评，杰米虽然知道自己做了很多错事，但听到这句话还是很难过，他边流泪边对汤丽老师说：“你凭什么说没人要我！我就找人要我给你看看！”说罢，就甩门而出。

当晚他回宿舍，发现枕头上放了一本学习资料，第一页上面用蓝色钢笔写着：杰米，拿着这本资料好好学习，成为最优秀的男生，让所有家庭抢着要你，给汤丽点颜色看看——一个和你一样恨汤丽的人。没有署名，杰米不知道是谁这么关心他，他高兴地想着：竟然还有和我一样恨汤丽的人，我当然就要发奋学习，成为优秀的男生，考上大学，气死汤丽。从此，杰米真的一改前貌，发奋起来，成为老师争相称赞的对象。

一年后，杰米被这个城的富商认领，临走那天杰米跑到汤丽老师的面前，轻蔑地说："想必您还记得自己的话吧，您诅咒我没人要，可惜天无绝人之路呀，上帝保佑着我，您说呢？"几天后，杰米收到了一封信，里面附着一张纸条，上面写着：杰米，你真行，我为你感动！请记住，以后要更努力，取得更好的成绩，给汤丽点颜色看看。纸条末尾依旧写着熟悉的字：一个和你一样恨汤丽的人。杰米感动极了，这个人对他的帮助太大了，他暗下决心要找到这个人。

那些以前和杰米同流合污的坏小子听说杰米被富商收养了，无一不心怀鬼胎。在杰米回孤儿院探望的路上他们拦截并准备绑架他。杰米奋力逃了出来，但已伤痕累累，他用最后一丝力气奔到孤儿院，被老师和同学们送进了医院，接连几天昏睡在病床上。杰米醒来后想报答那个给他献血的人，校长却怎么也不告诉他是谁为他献的血，并说这是那人要求的。杰米找到医生，要看献血单，因为单据上一定会有献血者的签名。当看到签名的那刻，杰米什么都明白了，就是这个字体，一直激励杰米奋斗不息。那个字体是属于汤丽老师的，杰米泪如泉涌。

关爱他人，不是对他们说教的过程，而是取得最终美好的结果。为了这个结果，你可能在过程中充当恶魔和坏蛋，被你关爱的人也许根本就否认你的存在，但这些都没关系，他们看不见的上帝都看在了眼里。最终，他们也会通过上帝的眼睛看到这一切。

后记 POSTSCRIPT

{关爱，让你拥有一切}

财富、成功和关爱三位每每都是结伴出行，他们会突然来到你家门口，给你送去祝福。但是，你只能选择他们三个中的一个进屋做客，也就是说你只能选择其中一个，得到他的祝福。如果你选择了财富，那么你就能过上富足的生活；如果你选择成功，无论事业还是生活你都会一帆风顺。那些仅在乎眼前利益的人，从关爱身上看不到什么好处和利益，于是，关爱是被人选择最少的。

而，如果你选择了关爱，那么其他两位——财富和成功也都会尾随而来。因为哪里有关爱，哪里就有财富和成功，这是不变的规律。那么，如果他们仨来到你的门前，你会选择谁呢？